Franziska Hauser, geboren 1975, studierte Bühnenbild und Fotografie an der Berliner Kunsthochschule Weißensee und am Schiffbauerdamm. Seit 2008 schreibt sie unter anderem für die *Berliner Zeitung*, *Nido*, *Brigitte* und *Das Magazin*. Ein Band mit ihren Fotografien ist im Frühjahr 2015 im Kehrer Verlag erschienen, zeitgleich mit ihrem Debütroman «Sommerdreieck», für den sie 2015 den Silberschwein-Preis der lit.Cologne erhielt und für den ZDF-«aspekte»-Literaturpreis nominiert war.

«Hauser erzählt direkt, frisch und frei.» *WDR*

«Wie mit dem Sucher einer Kamera tastet Hauser die Situationen ab, in die sie ihre Figur schickt. Sie setzt aus Worten ein Bild zusammen.» *Berliner Zeitung*

«Franziska gelingt bildreich und wortschön das Porträt eines Frauentyps, der nur mühsam die Balance findet zwischen der gelebten freien Liebe der 68er und einer Rücksichtslosigkeit, die geeignet ist, 68er-Feministinnen in die Verzweiflung zu treiben.» *Frankfurter Neue Presse*

«Die flirrende Sommerwärme bleibt im Buch gespeichert, und die Magie ihres Kinderblicks kann Franziska Hauser behalten, wenn sie nur will.» *Neues Deutschland*

«Ein aufregend-fesselnder Roman.» *rbb-Radio*

Franziska Hauser

Sommerdreieck

Roman

Rowohlt Taschenbuch Verlag

Veröffentlicht im Rowohlt Taschenbuch Verlag,
Reinbek bei Hamburg, Mai 2016
Copyright © 2015 by Rowohlt Verlag GmbH,
Reinbek bei Hamburg
Umschlaggestaltung any.way, Hamburg, nach einem Entwurf
von Anzinger und Rasp, München
Umschlagabbildung plainpicture / Millennium / Charlie Hopkinson
Satz aus der Dante MT PostScript
bei hanseatenSatz-bremen, Bremen
Druck und Bindung CPI books GmbH, Leck, Germany
ISBN 978 3 499 26920 2

Sommerdreieck

IM MÜHLHAUS

Als ich aus dem klappernden Auto steige, habe ich trotz der Sommersonne das Gefühl, als würde ein schweres schwarzes Tuch über allem liegen. Der Bildhauer steht in der Tür, mit einem Werkzeug, wie zufällig, begrüßt mich wie nebenbei, hat meine Anwesenheit registriert und überlässt mich seinem Paradies. Ich gehe in das backsteinerne Haus, ihm hinterher, «guck dich erst mal um», da ist er schon verschwunden.

Das Haus ist übersättigt: endlose Bücherregale mit Bildbänden; an den Wänden und Türrahmen Zeichnungen, Bilder, Plakate, Postkarten; Vorhänge in schweren Farben, hölzerne Pfeiler und offenes Gebälk. Ich rieche Holunder und Jasmin. Es ist unheimlich still.

Durch eine Flügeltür betrete ich die zugewachsene Terrasse und gehe in den Garten. Es sieht aus, als wäre nichts eingerichtet oder angelegt worden. Es gibt weder Zäune noch Hecken, und der Eindruck von nachlässiger Wildheit kommt mir vor wie hohe Gartenkunst. Fast fühle ich mich zu sehr willkommen, es fehlt ein Kennenlernen, ich bin gleich ganz da. Der Garten und das Haus wirken genauso gleichgültig wie er.

Alte Zinkwannen liegen in hohem Gras, ausgeblichene Laternen hängen in den Bäumen, und eine der Laternen ist ein lebendiger Kürbis, der sich in den Baum gerankelt hat, als er noch keiner war. Es gibt einen Teich mit Seerosen und Enten, ein dunkelblaues Kinderhaus mit Kindern und Katzen. Weiter hinten Pferde, deren lange Mähnen nahtlos in das hohe Gras fließen. Eine Ruine, mit Efeu umwachsen, zwischen zwei Kastanien.

Der bärtige Bildhauer, ein stiller Mensch, kein Hofherr, steht jetzt auf der Terrasse, die Hände in den Taschen, sieht zu mir rüber. Da ist vielleicht doch ein Interesse, dass er mich staunen sehen will in seinem Garten?

Ich sehe in den Himmel über den Obstbäumen, zweifle an mir, nicht an der Idylle, und denke, dass meine Beklommenheit vielleicht nichts zu tun hat mit dem friedlichen Garten. Die Luft in meinem Hals wird schwer und will in meinen Körper fallen. Ich stoße sie aus und hole mir neue. Woher mein Unbehagen kommt, will ich nicht wissen. Nicht jetzt. Vielleicht ist es der Stadtstress, denke ich, der hier abfällt.

Steht er da immer noch? Er dreht sich um, langsam, und geht zurück ins Haus.

Die Kinder scheinen sich nicht zu wundern, dass ich hier bin. Neles Tochter ist vielleicht drei. Klar kann sie sich nicht mehr an mich erinnern. Sie schleppt eine rote Katze.

«Wie heißt du?»

«Jette.»

«Achso», sagt sie und geht in das blaue Kinderhaus.

Ein weißblondes Mädchen, vielleicht fünf, sitzt auf

einem Heuhaufen und wickelt etwas um einen Stock. Neles Sohn, etwa gleich alt, rollt sich in Zeitlupe theatralisch von dem Haufen, mit langgezogenem Aaaaahhhh!

Das Mädchen sagt: «Haaaast duuuu diiiir weeeehgetaaaan?»

Der Junge antwortet: «Neeeee, ich fallll jaaaa nooooch.»

Dass ich darüber lache, gefällt ihnen. Sie sehen zu mir rüber und spielen es noch mal.

Eine zarte Frau mit verschrecktem Gesicht und kurzem blondem Haar taucht auf von irgendwoher, grüßt nicht, sieht mich nicht an, holt das weißblonde Mädchen ab und huscht wieder weg. Ich habe das Gefühl, ich sollte nicht zu lange bleiben. Ich will nicht feststellen, dass das Paradies nur eine Hülle ist über etwas anderem.

Plötzlich denke ich, dass es von Bedeutung sein könnte, was ich hier als Erstes berühren werde, und ich werde den blöden Einfall nicht los. Es ist wie im Auto, wenn ich nicht aufhören kann, die Strommasten zu zählen. Die Katze scheint mein Problem erkannt zu haben, kommt auf mich zu und legt sich vor meinen Füßen in die Sonne. Dankbar kraule ich ihren weißen Bauch.

Nele hat Vorstellung im Theater und kommt erst am Sonntag aus Berlin zurück. Wenn wir uns in den letzten Jahren in der Stadt begegnet sind, hat sie mich eingeladen hierher. Da lebte sie noch mit ihm zusammen. Aber ich habe den Besuch hinausgeschoben. Neles Landleben interessierte mich nicht. Wir waren Großstadtkinder. Ich verstand nicht, was sie hier suchte.

Mittags biete ich an, einen Salat zu machen. Als ich das

glänzende japanische Messer bewundere, das so schön schwer in der Hand liegt, sagt er hinter mir im Vorbeigehen: «Schönes Messer. Das hat nach einem Streit mal einem Freund zwischen den Rippen gesteckt.» Ich sehe ihm hinterher, dann auf das Messer in meiner Hand.

Beim Essen mit Neles Kindern und Elli, der Haushälterin, erfahre ich, dass Nele nebenan im alten Gutshaus wohnt, mit den Kindern und mit Elli. Die Mutter des weißblonden Mädchens lebt in der ausgebauten Scheune an der Straße neben der Einfahrt, die ich bei meiner Ankunft für eine Werkstatt gehalten habe.

Im Haus wohnt nur er. Es sei das älteste Haus im Dorf, sagt er, als wäre es wichtig, das zu wissen. Mehr sagt er nicht. Die Kinder baumeln mit den Beinen und plappern so viel, dass eine Unterhaltung kaum möglich ist. Elli beobachtet mit Gleichmut, wie die ungeschickten Kinder Besteckgriffe mit Essen beschmieren, Suppe über Tellerränder kippen, saure Sahne auf den Tisch klecksen und schwappend aus ihren Teetassen trinken. Er nimmt die Jüngste auf den Schoß, ein zartes, stilles Wesen.

«Du hast ja nur auf einer Seite Sommersprossen», sage ich. Er küsst die kleine Nase und sagt:

«Ja, da hat dir jemand eine Handvoll Sommersprossen ins Gesicht geworfen, aber du hast den Kopf schnell weggedreht, dass sie nur hier, neben der Nase, gelandet sind.» Und er tippt ihr mit dem großen Zeigefinger gegen die winzige Wange. Der Anblick seiner großen Hände auf ihren feinen Schultern trifft mich wie eine ferne Erinnerung.

In Brandenburg bin ich ihm zum ersten Mal begegnet,

vielleicht sogar in der Nähe. Ich war siebzehn, er zehn Jahre älter. Ich fand ihn verschlossen und arrogant. Mit dem Studium hatte ich noch nicht angefangen, saß mit Zetteln auf der Treppe vor der Kunsthochschule in Berlin-Weißensee, als der VW-Bus sich mit Kunststudenten, Taschen und Schlafsäcken füllte. Es war heiß. Irgendwer muss mich gefragt haben, ob ich mitkommen will.

«Wohin denn?»

«Ausflug.»

Ich stieg ein. Ich wollte dazugehören, Kunststudentin sein mit allem Drum und Dran, und in dem Moment hatte ich das Gefühl, zu wissen, wozu ich das wollte. Der Bildhauer saß neben mir. Ich fühlte mich von ihm abgelehnt, obwohl ihn meine nackten Beine im kurzen Rock zu interessieren schienen. Als ich den Träger von meiner Schulter in seine Richtung fallen ließ, reagierte er mit einem Blick, der mir belustigt vorkam damals.

Wir fuhren in das geerbte Haus eines jungen Malers. Das Dach musste neu gedeckt werden. In Staubwolken gehüllt, hatten wir das alte Stroh runtergezerrt. Die Arbeit war mühsam, die Stimmung gut. Wir badeten im See den Staub ab, und ich weiß noch, wie gut meine gebrannte Sommerhaut roch, als ich nass und verschämt auf der Wiese hockte. Wir schliefen zwei Nächte in dem alten Stroh, das wir in eine Senke unter der riesigen Esche geworfen hatten.

Am letzten Tag hatte er mich lange angesehen beim Essen am großen Tisch. Ich sah weg. Sein Blick fühlte sich bewachend an. Es war angenehm, und ich kam mir vor wie ein gezähmtes Tier.

Damals hatte er lange Haare, einen langen Bart, trug Jeans und ein offenes Hemd. Haare und Bart sind jetzt kurz. Jeans trägt er immer noch, aber das Hemd ist geschlossen. Er hat eine Schwimmerfigur mit starken Armen und Stiernacken. Schön ist er nicht, nur sein Mund ist es, und ich muss immerzu hinsehen. Auf seiner Nasenspitze gibt es eine platte Stelle, einen kleinen flachen Teller, wie ein Daumennagel so groß. Die wüsten Augenbrauen sind präsenter in seinem Gesicht als die Augen. Wenn ich seiner Gestalt ein Material zuordnen sollte, wäre es ein feines, aber sehr festes Gestein von dunkler Farbe. Marmoriert vielleicht, grün, grau und braun.

Ich sehe ihm zu, wie er den Kindern Fleisch klein schneidet, Tee in Tassen gießt, wie er kaut und Wein trinkt, mit ruhiger Gelassenheit. Seine Augen scheinen etwas zu verbergen, und da ist eine Wand zwischen uns. Sobald ich, wenn er über die Kinder lacht, kurz das Gefühl bekomme, dahintersehen zu können, verfestigt sie sich wieder. Ab und zu sieht er zu mir, aber ich kann nicht lesen in seinen Kieselaugen. Ich fühle mich entblößt und weiß nicht, ob mir das angenehm ist oder nicht. Vielleicht ist es beides.

Nach dem Essen gehe ich durchs Dorf. Alles ist orange beleuchtet von der Sonne, die sich in den Wald sinken lässt. Die Straße ist eine Mauer aus verschlossenen Türen und Toren. Da liegen Müllsäcke vor den Zäunen, da wartet eine Baugrube, da stehen Stromkästen. Aber Menschen, die den Ort bewohnen, Strom verbrauchen, Müll wegschmeißen, auf den Gehweg treten, sehe ich keine.

Die Straße liegt vor mir, still und ausgestorben. Ich weiß, beim nächsten Schritt schallt die Alarmanlage aus Hundegebell bis ins nächste Dorf. Ein paar Gardinen bewegen sich im Hundealarm.

Während ich beobachtet werde von den Leuten hinter den Gardinen, die sich fragen, wer ich bin und was ich hier mache, frage ich mich das auch. Ich bin hergekommen, um Fotos zu machen. Die Kamera habe ich am Hals, wie immer. Ich fotografiere einen Storch aus Plaste an einem leeren Teich aus blauer Folie, ein rotes Fahrrad, das in der kleinen Baugrube am Bordstein liegt. Eine stachelige Hecke, hinter der eine blaue Mülltonne hervorguckt, aus der ein Ofenrohr ragt, in dem ein Besen steckt. Ein mit Marienkäfern bemaltes Stromhäuschen, vor dem ein Gitter lehnt: ein Käfergefängnis. Ein hölzernes Tor mit hölzerner Tür darin, ausgefranst überm buckeligen Pflaster, vom Wetter so zerfressen, dass eine graue Katze bequem darunter durchpasst. Ich gehe weiter Richtung Kirche.

Als ich während des Studiums am Theater arbeitete, traf ich den Bildhauer eines Tages in der Werkstatt. Er ging an mir vorbei ins Materiallager und nickte mir zu. Ich war erstaunt, dass er sich an mich erinnern konnte. Wir bauten für das Bühnenbild eine Figur nach seinem Entwurf. Zur Premiere saß er hinter mir im Zuschauerraum. Ich spürte seinen Blick in meinem Nacken, als ich mir das Haar zusammenknotete, und seinen Blick auf meinen Schenkeln, als ich aufstand, um in meinem Rock ein Stück Schokolade aufzufangen, das mir eine Freundin aus dem zweiten Rang in den Schoß warf; ich spürte seinen Blick auf meinen nackten Schultern, während der Vorstellung. Es war wie damals an dem langen Esstisch: Ich war gebannt, wie ein Tier, das in einen Lichtkegel geraten ist. Was mir bei jedem anderen unangenehm gewesen wäre, gefiel mir.

Ich hätte mich gerne mit ihm unterhalten, um mich aus dem Kegel zu lösen und mich nicht nur beobachten zu lassen. Auch um nach Nele zu fragen, mit der er da schon seit zwei Jahren zusammenlebte. Aber ich ging ihm aus dem Weg. Die Begegnung war schon zu aufgeladen für ein unbefangenes Gespräch über Frau und Kinder. Im Kantinengedränge strich mir jemand im Vorbeigehen über die Taille und war nicht mehr zu sehen, als ich mich umdrehte.

Ein paar Monate später fand ich am Schwarzen Brett eine Trauerkarte mit dem Schwarzweißfoto eines kleinen Kindes. *Wir trauern um Benni.* Der Name des Bildhauers stand darunter und der Name einer fremden Frau. Ich war erschrocken, und das Bild ließ mich tagelang nicht los, aber ich fürchtete mich davor, Nele anzurufen, obwohl ich wusste, dass von ihren Kindern keines Benni hieß. Ich fragte ihre Mutter, und sie sagte, es sei das Kind der neuen Frau. Nele war nicht mehr mit ihm zusammen und wohnte auch nicht mehr im Haus.

Eine Woche ist es her, dass wir uns in Berlin wiederbegegnet sind. Dass es seine Ausstellung war, hatte ich nicht gewusst. Zuerst war ich abwesend zwischen den Plastiken umhergelaufen. Ich scheute mich, sie genauer zu betrachten, denn ich war nicht aus echtem Interesse gekommen, sondern aus Höflichkeit, weil ich den Galeristen kannte. So stark berührt zu werden von der Ausstellung, darauf war ich nicht vorbereitet gewesen. Die Köpfe, Körper und Körperteile waren von so zarter Schönheit, dass es mir fast weh tat.

Der Bildhauer stand neben dem Galeristen zwischen drei Frauen. Er war der, mit dem ich auf dem Strohdach gesessen hatte und einmal im Theater vor ihm. Er war der Exmann von Nele.

Auf den ersten Blick hätte man denken können, der Galerist sei der Künstler. Er trug, wie immer, seltsame Klamotten: einen Anzug aus blauem Samt, die Krawatte mit chinesischem Muster aus gelber Seide, die Schuhe orange, wildledern und in der Brusttasche ein hellbraunes Tuch. Der Kopf kurzgeschoren, das Kinn kahlrasiert. Der Bildhauer wirkte verwildert neben ihm. Vom grauen Hemd standen zwei Knöpfe offen, und es wuchsen Brusthaare daraus hervor. Sogar seine Handrücken waren behaart. Die Besucher suchten Kontakt zu ihm, aber er schien sie zu ignorieren. Die Zeichen, die er gab, waren klein, ein Lächeln, ein Nicken, ein Blick. Offenbar war ihm gleichgültig, was man von ihm hielt.

Auf dem Weg zum Klo kam ich an der offenen Bürotür vorbei. Der Galerist und der Bildhauer saßen mit Flaschen in den Händen auf Hockern. Ich blieb unschlüssig im Türrahmen stehen.

«Kennt ihr euch?», fragte der Galerist.

«Vom Sehen», sagte ich und wollte weitergehen, aber der Bildhauer setzte sich auf die Tischkante, zog an meinem Schal und bot mir seinen Hocker. Ich versuchte, meine krumme Haltung unauffällig zu ändern, ärgerte mich über mich selbst und machte den Rücken gerade. Er sah mich von der Seite an, und es fiel mir schwer, nicht wieder zusammenzufallen unter seinem Blick.

«Hast du nicht auch in Weißensee studiert?», fragte ich. Es kam mir vor, als würden wir nur reden, um uns ansehen zu können dabei. Meine Schultern wollten ständig wieder zusammenklappen. Es schien ein Reflex zu sein, meine Brüste zu verbergen vor ihm. Ich hielt dagegen, und mit dem Getränk, das mir der Galerist in die Hand gab, war es leichter. Ich schlug die Beine übereinander, stützte mich am Hockerrand mit der Handkante ab und versuchte, das Gleichgewicht zu halten. Ich musste so nötig pinkeln, dass mir Tränen in die Augen stiegen, aber ich wollte das Gespräch nicht unterbrechen, vielleicht weil ich spürte, dass er keine Scheu davor hatte zu verletzen.

Eine Frau mit viel Schmuck und Schminke blieb in der Tür stehen, um schnatternd seine Werke zu loben: «Ganz großartig, sinnlich, zauberhaft.» Seine Augen verschwanden unter mürrischen Brauen. Ich sah, dass er das Ausstellungsgerede nicht leiden konnte, das seine Werke zerfallen ließ in die Materialien, aus denen er sie gehoben hatte.

Als meine Anspannung endlich nachließ, waren die letzten Besucher gegangen. Der Galerist schleppte Getränkekästen ins Büro. «Jette ist übrigens eine prima Fotografin», sagte er. «Sie könnte doch mal ein paar Fotos machen von deinem Atelier.»

Beim Aufstehen drückte der Bildhauer die Handfläche gegen meinen Rücken. Ich sollte vorgehen. Der Galerist klapperte mit dem Schlüsselbund hinterher.

«Is doch eine Idee. Was meinst du?»

Die Berührung war wie eine Erweckung, drang durch meinen Körper, der sich nach ihm ausrichtete.

«Oder? Sie kann doch mal ein paar Bilder machen?»

Ich könne am Wochenende zu ihm kommen, er habe ein großes Haus in einem alten Dorf. «Ich weiß», sagte ich. «Nele hat mir davon erzählt.»

Der Galerist ließ krachend die Jalousien runter.

«Hundert kann ich dir geben. Dass ich was hab für Webseite und Presse.»

«Schön, dich kennengelernt zu haben», sagte er beim Kuss auf die Wange. Er roch so gut, dass mir mehrere Sinne vorübergehend ausfielen. Der Galerist klopfte mir auf die Schulter wie einem alten Kumpel, und es war der kleine Anstoß, der ausreichte, um mich in gleichbleibendem Tempo die Torstraße entlangzubewegen. Ich lief mechanisch, ohne dass meine Gedanken mit dem Nachhauseweg in Zusammenhang traten. Meine hohen Absätze trieben mich an. Mit flachen Schuhen hatte ich immer das Gefühl, mich durch tiefen Sand zu kämpfen. Jetzt schleuderten die Absätze jeden meiner Schritte nach vorn, und langsam wachte ich auf aus meiner Versunkenheit. Über der Friedhofsmauer saß die schwarze Baumsilhouette. Dahinter erhob sich der ganze Himmel in gelbbräunlichem Blau. Der Sichelmond stand schief im Farbverlauf und daneben ein einzelner Stern. Ich merkte, wie meine stolze Haltung weich wurde, meine Knie einknickten und mein Rücken sich krümmte. Die winzigen Lindenblätter hingen im Laternenlicht wie eine gelbe Lichterkette. Ich wollte mich ergeben, auf die Knie fallen und versprechen, dass ich mir nichts mehr wünschen würde auf der Welt, wenn ich mich nur in seinen Schoß legen dürfte.

In dieser Nacht konnte ich nicht schlafen, stand immer wieder auf, sah aus dem Fenster in den arroganten Baum, der sich an die Straße gestellt hatte und seine schwarzen Äste wie fett gekrakelte Graffiti reckte, ohne sich um die Kubikmeterpreise in der teuren Großstadtluft zu scheren. Die Laterne stand schmal und gekrümmt daneben, als müsste sie sich entschuldigen für den gierigen Baum. Ich fühlte mich wie die Laterne, wollte aber der Baum sein, und ich sehnte mich nach dem Geruch an seinem Hals, unter dem Ohr, da, wo der Bart anfing und der Muskelstrang schräg zum Brustbein führte. Da, wo seine Halsader schlug.

Das Dorf ist hübsch. An der alten Kirche führt eine weiche, runde Kopfsteinpflasterstraße vorbei, und am Dorfplatz stehen Linden, an die man gelbe Naturschutz-Eulen genagelt hat. Bei meinem Abendspaziergang habe ich mich den Bewohnern hinter ihren Gardinen gezeigt. Eine Friedensgeste? Ich erlaube ihnen, über mich zu reden, und hoffe, selbst etwas herauszufinden über den Ort, der vor mir schweigt, und über die Menschen, die vorsichtig, fast furchtsam zu sein scheinen, als wären sie einmal erschüttert worden.

Als ich zurückkomme, steht die Tür zur Scheune weit offen. Drinnen sieht es mehr nach handwerklicher Arbeit aus als nach Wohnen. Nur eine Ecke mit Stehlampe wirkt gemütlich. Da liegt das weißblonde Mädchen in gelber Decke auf blauem Sofa, mit großem Buch.

Ein Berliner Auto steht neben meinem. Es sind Gäste gekommen. Ein Paar, er älter als sie, sitzt am großen Terrassentisch. Er öffnet den mitgebrachten Wein. «Henriette», sage ich und ärgere mich fast im selben Moment über meine Förmlichkeit, die zu dem leichten Sommerabend nicht passt. Wir hören Musik, rauchen, essen Reste, und zu jedem Gesprächsthema werden Bücher, Kataloge und Bildbände geholt, die sich immer höher um uns türmen. Ich hänge an seinen Lippen, und wieder scheint er mich zu ignorieren. Wieder habe ich das Gefühl, ich sollte Abstand halten zu ihm. Und bin nicht in der Lage dazu.

Die verschreckte Frau taucht noch einmal auf, um eine Zange zu holen. «Jessi», sagt er beiläufig. Jessi ist barfuß, trägt ein langes Männerunterhemd und eine sehr kurz abgeschnittene Jeans. Sie wühlt in der Küche, schief an einer Schublade lehnend, ein Träger rutscht ihr von der Schulter. Ich würde gerne ihre Beine sehen und überlege, mich dafür vorzubeugen. Aber da schiebt sie schon die Lade mit der Hüfte zu und gleitet durch das Halbdunkel davon. Es sieht aus, als wäre die Luft, die sie umgibt, klarer als das unscharfe Nachtlicht.

Die Gäste sind ein Philosoph und seine Freundin. Sie studiert Modedesign an der Kunsthochschule und erzählt von einem Seminar zum Thema *Kunst und Liebe*. Während des Studiums hatte ich selbst in einem der Seminare aus der Reihe gesessen, es hieß *Kunst und Schmerz*. Der Bildhauer kann sich an das erste Seminar erinnern: *Kunst und Macht*.

Die Modestudentin erzählt, es seien immer noch die

beliebtesten Kurse. Die Dozentin habe das Seminar zu *Kunst und Liebe* eingeleitet, indem sie jeden Teilnehmer einzeln fragte: «Verführen Sie lieber, oder werden Sie lieber verführt?» Jeder hatte sofort eine Antwort gehabt, und die Studenten ließen sich leicht in zwei gleich große Gruppen teilen. Der Philosoph macht sich darüber lustig. Er teile alle Menschen in «fuckable» und «unfuckable» ein. Das sei am einfachsten. Die Freundin ist beleidigt.

Dann stellt sich heraus, dass der Bildhauer damals Gitarrist werden wollte. Die Musikhochschule lehnte ihn zweimal ab. In der Berufsberatung gab er an, Testesser für Kuchen und Torten werden zu wollen, bis er so dick wäre wie Hitchcock. Da wurde er rausgeschmissen. Weil ihm nichts Besseres einfiel, bewarb er sich für Malerei. Die nahmen ihn, aber er hasste das Zeichnen. Bei den Bildhauern gefiel es ihm, weil der Ton so gut roch. «Den hätt ich fressen können», meint er. «Ich bin wahrscheinlich aus Mineralienmangel Bildhauer geworden.» Der Professor sprengte irgendwann den Fachbereichsetat, weil er alles in Bronze gießen ließ, was sein begabter Schüler produzierte.

«Die tanzende Dicke im fliegenden Kleid, ist die von dir?»

Er nickt beiläufig, zieht ein letztes Mal an seinem Zigarettenstummel und drückt ihn in den steinernen Aschenbecher. Ich will gerade erzählen, wie sehr ich die Figur geliebt habe. Sie stand hinter der Mensa im Hof und war mir eine stumme Freundin geworden. Aber die Modestudentin fragt:

«Spielst du noch Gitarre?»

«Nee, die hab ich verbrannt und dann neun Buchstaben in Beton gegossen, jeder zwei Meter hoch: SCHEITERN. Die standen hinterm Haus am Feldrand, bis die Dorfbewohner sich beschwert haben. Ich hab drei Buchstaben weggenommen. Mit HEITER waren sie einverstanden, und das blieb dann so, bis alle Buchstaben umgefallen waren. Da gab es hier noch keine Kinder.»

Ich fühle mich wohl in dem Kreis, er ist mir angenehm. Ich weiß nicht mehr, was mich vorhin bedrückt hat. Es ist nur dieses Gefühl noch da, als würde ich ein ungelöstes Problem mit mir herumtragen, aber es ist dumpf geworden. Die Nacht hat mich benebelt, ich bin in eine angenehm anspruchslose Zufriedenheit verfallen und könnte ihm zuhören, bis es hell wird. Er erzählt von seiner ersten eigenen Wohnung in Berlin, die ihm viel zu groß war. Der Philosoph kann sich erinnern. «Da hattest du ein Zimmer mit Kohlen vollgeschippt, eins hast du bewohnt, und in dem dritten wolltest du dir einen Nasenbären halten.»

Der Bildhauer erzählt, dass er unbedingt ein wildes Tier in der Wohnung haben wollte. Er hatte es mit Pflanzen, Ästen, Erde und Moos vollgestopft und war nachts mit einem Freund im Tierpark eingebrochen. Aber als er sah, wie groß ausgewachsene Nasenbären werden, wollte er doch lieber keinen. Irgendwann kamen die wilden Tiere von selbst zum Fenster rein, und es wurde ein Fledermauszimmer.

Neben mir auf der Bank liegt die rote Katze. Ich streiche ihr über die Nase, und sie fragt mich, ob ich mir das so vorgestellt habe. Ja, so ungefähr habe ich mir das vorgestellt.

Als die Gäste weg sind, bringt er mich zum Gästezimmer, das in der Mitte des Hauses liegt, seinem Schlafzimmer gegenüber. In der Tür umarmt er mich lange. Es kommt mir vor wie eine Umarmung, mit der nicht ich gemeint bin, aber auch niemand anders. Als ob er selbst nicht weiß, wen er meint, und nur einen Menschen braucht, der nichts gegen ihn hat. Trotzdem fängt mein Kopf an zu rauschen. Dann schlurft er weg in bärenhafter Gestalt. Er ist anders hier als in der Galerie. Verletzlicher.

Ich lehne mich von innen gegen die Tür, und jetzt erst merke ich, dass ich nass geworden bin, obwohl er nicht mal versucht hat, mich zu küssen. Es ärgert mich, dass seine Nähe mich schon wieder besinnungslos hat werden lassen. Ich beschließe, mich vernünftig zu benehmen, schlafe nicht nackt, sondern im T-Shirt, lege mich auf den Rücken und stecke meine Hände hinter meinem Kopf unter das Kissen. Ich weigere mich, meinen erregten Körper zu berühren, aus Ärger darüber, dass ich ihn nicht unter Kontrolle habe. Aber ich brauche meine Hände gar nicht. Es wird heiß zwischen meinen Beinen, und dann passiert es von selbst. Mein Körper tobt ohne Berührung. Die Dunkelheit flimmert um mich herum, und ich höre mein gestöhntes Atmen im Zimmer, als käme es nicht von mir. Ich fühle mich fernbedient durch die Wände.

Das schöne Zimmer und die Nachtluft helfen mir nicht beim Einschlafen. Düstere Träume, in denen ich das Haus nicht verlasse, wecken mich immer wieder. Ich träume von einem tiefen Mühlgraben, der sich hinter dem Haus auftut und nicht mit Wasser, sondern mit hellbraunem Schlamm gefüllt ist. Frauen in langen, schweren Röcken wühlen darin. Ich weiß, sie suchen nach einem ertrunkenen Kind.

Am Morgen wache ich auf von verstimmtem Klaviergeklimper und vom Lärm der Kinder, die um das Haus rennen. Die Tür zu seinem Zimmer steht offen. Er liegt wach im Bett, und ich überlege, ob er die Tür in der Nacht offen gelassen hat.

Elli schaukelt ihren großen Körper schwermütig durch die Küche, deutet mit dem Kinn Richtung Tisch: «Da ist Tee in der Kanne.» Sie schmiert dem kleinen Mädchen ein Pflaumenmusbrot und setzt es auf einen Stuhl. Der Bildhauer ist in Shorts in die Küche gekommen, die Haare zerzaust. Er streicht der Tochter über den Kopf und nimmt einen Schraubenzieher aus der Besteckschublade, um ein lose herunterhängendes Scharnier unter dem Küchentisch zu reparieren. Ich kann seinen schlafwarmen Körper riechen. Er sieht jünger aus als gestern. «Scheiße.» Er steckt sich den blutenden Finger in den Mund. «Man sollte nicht vorm Aufstehen arbeiten», sagt er, wirft den Schraubenzieher zurück in die Schublade und lehnt sich in die Terrassentür. Elli stellt ihm eine dampfende Tasse hin. Sie scheint schlechte Laune zu haben. Das Haus selber kommt mir müde vor. Das Leben findet draußen statt. Der Esstisch ist in die Fensterecke gedrängt, als fürchtete er sich vor dem toten Innenraum.

Ich gehe raus, barfuß mit Teetasse und Pflaumenmusbrot. Es ist warm, aber am Himmel hängt eine verregnete Nieselsuppe, in der die Wolken als grauer Rauch übereinander hinziehen. Das Klaviergeklimper kommt aus einem kleinen Gewächshaus, das ich gestern nicht bemerkt habe. Die Kinder sitzen zwischen Tomatenpflanzen auf dem alten Instrument und trampeln mit nackten Füßen auf den Tasten. Ich frage, warum das schöne Klavier hier steht, wo es so feucht ist. Das weißblonde Mädchen erklärt gelassen: «Das hat Mama im Winter zur Bushaltestelle getragen, dann war's kaputt, aber Papa hat's zurückgeholt.» Darauf, dass ein Klavier weder an die Bushaltestelle noch ins Gewächshaus gehört, reagiert meine Kamera dankbar. Ich fotografiere die Kinder auf dem Klavier im diffusen Gewächshauslicht zwischen den Tomaten.

Ich bin es nicht gewohnt, nichts zu tun zu haben, und weiß nicht, wohin mit mir. «Nee, lass man», sagt Elli, als ich in der Küche helfen will. Ich gehe durch eine große gläserne Tür über eine breite Rampe ins Atelier, das am anderen Ende des langen Hauses liegt. Die Wände sind weiß gekalkt. Lebendig wirkende Frauenkörper auf hohen Sockeln umgeben mich. Hände, Gesichter, Brüste, Beine, Schultern, Arme, Schenkel. Die Figuren sind aus rötlichem Ton, und sie scheinen sich zu bewegen in ihrer fließenden Feinheit. Sie sehen mir nach, drehen ihre ernsthaften Köpfe hinter meinem Rücken, schweigend versonnen, traurig. Sie stehen, liegen oder sitzen auf ihren Sockeln, freiwillig, als könnten sie jederzeit aufstehen und in den Garten gehen.

Der Bildhauer trägt Bretter herein. Ich stehe verlegen zwischen den Sockeln wie eine seiner Plastiken. Ich sehe ihn arbeiten in dem lehmigen Raum und kann mir plötzlich vorstellen, dass der erdige Geruch nach Kalk, Gips und Ton süchtig macht.

Die Figuren wirken wie von innen geformt, nicht von

außen, sie kommen mir vor wie Inhalt umspannende Häute, nicht wie bearbeitete Oberflächen. Als hätte er die Gestalten herausgewühlt aus dem Material, gierig, ohne Mitleid, bis sie roh vor ihm lagen. Ich stelle mir vor, wie er, jedes Mal erschüttert über die eigene Brutalität, eine nach der anderen gerettet, ihnen eine eigene Haut gegeben hat, um sie leben zu lassen.

Ich will ihn berühren, sehne mich nach der Umarmung von gestern Abend. Um mich aus der Erstarrung zu reißen und um nicht über seine Plastiken reden zu müssen, frage ich: «Was ist das eigentlich für ein Metallding da oben?» Meine Stimme hat zu weich und zu leise geklungen für die belanglose Frage. Ich sehe stur nach oben. In der Giebelwand steckt irgendetwas Verrostetes.

«Da war früher das Mühlrad befestigt, bevor der Mühlgraben zugeschüttet wurde.»

«Davon hab ich letzte Nacht geträumt», sage ich.

«Die Geister kriegt man nicht raus», sagt er ohne Verwunderung und macht die Musik lauter.

Ich fange an, die Plastiken zu fotografieren, den Raum, die Arbeitsplätze, unfertige Figuren, die mit nassen Tüchern umwickelt sind, halbe Körper, aus denen Stahldrähte ragen wie bloße Knochen, Gipsmodelle mit abgebrochenen Körperteilen – und dann ihn. Ich stelle die Schärfe auf seine kräftigen kurzen Finger, seine Hände, hinter denen die bloßen Unterarme verschwimmen, und kann nicht genug Bilder bekommen von seiner behaarten Haut. Ich erschrecke, als mich sein Blick plötzlich durch die Linse trifft.

«Du fotografierst noch analog?», fragt er. Ich nicke,

nehme die Kamera vom Gesicht und spule den Film zurück. «Das Auge wird einfach nicht satt von Pixeln, stimmt's?» Ich lache und nicke wieder.

Ich gehe um das Haus, fotografiere von außen durchs Fenster und will mir den Rest vom Mühlrad ansehen, aber außen ist nichts. Es muss unter dem Putz liegen. Ein Riss geht von oben nach unten durch die Giebelwand, und es sind mehrere Markierungsplomben angegipst. In jeden Streifen ist ein Datum eingeritzt, immer derselbe Monat, nur ein anderes Jahr. Die Abstände variieren. Der Riss endet auf der Höhe meiner Schulter.

Mir fällt ein Foto ein, das mir Nele in Berlin gezeigt hat. Darauf lehnt sie an genau dieser Wand mit dem Riss, der mir schon damals aufgefallen war. Die Kinder tragen Katzen und Kaninchen auf den Armen. Nele, im roten Kleid, lacht, wie man einen Liebhaber anlacht. Und in der Wand: der auffällige Riss, der damals noch über Neles Kopf aufhörte. Auf einem anderen Foto: der Bildhauer, ein Schaf scherend. Danach Bilder von dem unfertigen Haus und seinen Baustellen, von Leuten, die Ziegel abklopfen, Wände verputzen, auf Leitern stehen, sich küssen, aus Zelten kriechen, an Feuern sitzen oder an langen Esstischen.

Es sah aus wie das, wovon sie immer geträumt hatte. Ein Leben wie ein ewiges Sommerfest, ein Zuhause, in dem das Feuer unterm großen alten Herd nie ausgeht, wo immerzu gekocht und gebacken wird, wo einem Kinder und Katzen um die Beine streichen. Ein Leben mit weißen Tischdecken und Kerzen und Girlanden. Mit Musik und Freunden, Nachbarn und Gästen. Ich konnte mir Nele gut vorstellen als Mutter, die immer zu tun hat.

In fließenden Kleidern, klappert sie bei der Arbeit mit ihren Armreifen und den großen Ohrringen.

In Gegenwart ihrer eigenen Mutter hat Nele nie viel erzählt. Nur einmal sagte sie, dass sie Abstand brauche und dabei sei, ins Nachbarhaus zu ziehen. Die zweite Frau hat sie nie erwähnt.

Ich lege mich auf die Wiese und sehe in den Himmel. Ein niedliches Schoßhündchen aus wollenen Wolken verzerrt sich langsam zur Fratze. Die kleinste Bildhauertochter kommt in hochhackigen Holzsandalen, zehn Nummern zu groß, um die Hausecke geschlurft. Sie sieht mich gelangweilt aus dem Augenwinkel an, lässt die zu großen Schuhe im Gras liegen und klappt den Deckel einer Holztruhe auf. Sie steckt den halben Oberkörper hinein, um nach den bunten Buddelförmchen zu angeln, die sie in hohem Bogen hinter sich ins Gras wirft. Bei einer Kelle aus Holz und Draht stutzt sie kurz, betrachtet den farblosen Gegenstand irritiert und wirft ihn hinter sich. Als die Truhe leer ist, besieht sie die Verwüstung, stößt mit dem Fuß ein paar Plasteteile weg, sieht mich herausfordernd an, dreht sich um und geht.

«Räumst du das nicht wieder ein?», rufe ich ihr hinterher. Sie streckt den kleinen Arm aus, zeigt auf mich und sagt bestimmt:

«Das machst *du*!» Die gestohlenen Schuhe bleiben auch im Gras liegen. Ich bin beeindruckt von ihrem resoluten Auftritt, habe endlich was zu tun und räume die Truhe ein.

Elli schält Kartoffeln auf der Terrasse. Als Neles Sohn angerannt kommt und «Was gibt's zum Mittag?» ruft, sagt Elli:

«Neugierde in Butter gebraten mit kleene Kinder drin!»

«Schon wieder?»

Ich ergebe mich der Nichtsnutzigkeit und lese. Es ist unendlich still. Unsichtbare Tiere machen Sommergeräusche im Gras. Als ich im Haus ein Glas Wasser hole, liegt er mit der Kleinsten Rücken an Rücken schlafend auf dem großen Sofa. Ich sehe mir die beiden von Nahem an, seinen halbnackten behaarten Rücken und ihre nackten Füßchen daneben. Ich will ihn anfassen. Stattdessen stecke ich die kleinen kalten Füße in seinen warmen Hosenbund. Er zuckt kurz. Dann atmet er geräuschvoll aus und dreht sich weg, wie ein Pferd das den aufgenommenen Geruch aus den Nüstern bläst, um den schweren Kopf desinteressiert abzuwenden.

Ich setze mich auf die Stufen vorm Haus in den Schatten, weil es auf der Gartenseite zu heiß ist. Als Neles Auto von der Straße in den Kiesweg einbiegt, muss es für sie so aussehen, als hätte ich hier schon den halben Tag auf sie gewartet. Ich frage mich, wie wir uns so lange aus den Augen verlieren konnten.

Sie kommt auf mich zu, und ihr Gang ist gebeugter als früher. Sie hat mir manchmal die Schultern nach hinten gedrückt. Daran muss ich immer noch denken, sobald mir meine schlechte Haltung bewusst wird.

«Mensch, Jette, dass du mal hier bist.» Wir umarmen uns. «Ich muss unbedingt ins Wasser. Kannst du mir die

Kinder rausschicken? Ich will da nicht rein.» Sie deutet mit dem Kopf Richtung Mühlhaus.

Ich finde die Kinder auf dem Dachboden. Sie haben laute Clashmusik angemacht und spielen «Rock die Kacka», wie mir die Weißblonde erklärt. Sie tanzt vor, und wer es nicht nachmachen kann, bekommt was mit ihrem lila Glitzerstock übergezogen.

«Schluss jetzt, das ist überhaupt nicht cool!»

Ich sammle die Kinder ein, und wir gehen zum See, den die Kinder *Colasee* nennen.

«Seit dem Brand geh ich nicht mehr ins Haus. Echt nicht», sagt Nele aufgedreht. Sie trägt das hellbraune Haar halblang und sieht gar nicht dörflich aus. Offenbar hat sie nicht aufgehört, sich zu schminken und große Ohrringe zu tragen. Ihre weichen, schmalen Hüften sind der Trumpf im engen blauen Kleid mit dem großen Muster. Ich würde gerne an ihrer Haut riechen und erwarte einen Zuckergeruch, nach Weintrauben, frischer Wäsche und nasser Erde. Ihre Brüste, die vor dem Kinderkriegen nie an ihr hingen, haben sich in einen Mamabusen verwandelt und bewegen sich unter ihrem Kleid wie zwei kugelige Felltiere.

Eine dicke Frau auf zu kleinem Fahrrad kommt uns entgegen und grüßt missmutig. Nele sieht der Frau hinterher.

«Am Anfang dachte ich noch, wir müssten irgendwie versuchen, zur Dorfgemeinschaft zu gehören. Aber das hat keinen Sinn.» Sie macht eine wegwerfende Handbewegung. «Hier werden alle Frauen dick und dumm mit dem ersten Kind. Da werden wir in hundert Jahren nicht dazugehören.» Jetzt sehe ich hinter jedem Fenster eine dicke Frau in geblümter Schürze, die uns missmutig durch den Gardinenschlitz beobachtet und verständnislos den Kopf schüttelt.

Nele und ich setzen uns auf einen Steg, während die Kinder sich im Schlauchboot ohne Ruder auf dem See drehen. Das Wasser ist orange-bräunlich. Colasee passt. Wir reden, aber unsere Vertrautheit lässt sich Zeit. Mir fällt ein, dass es schon einmal so gewesen ist zwischen uns. Wir waren aus verschiedenen Ferienlagern zurückgekommen und hatten uns vier Wochen lang nicht gesehen. Nele saß auf ihrer Bettkante und drehte die kleine bunte Nagelfeile, die ich ihr mitgebracht hatte, zwischen den Fingern. Ich saß bestürzt auf dem Stuhl und hoffte, dass ich ihr nicht so fremd war wie sie mir.

Das Licht breitet eine silberne Haut aus auf dem braunen See. Am Horizont stützen sich schwere Wolken mit gewaltigen Strahlenbündeln auf die Erde, um sich im Himmel zu halten.

«Irre schön bei euch.»

Nele nickt mit geschlossenen Augen.

«Das erste Mal sind wir morgens nach einer Party hergefahren in seinem alten Wolga, zum Baden. Es wurde gerade hell, und er meinte: *Wollen wir einfach hierbleiben?* Ich wär sogar nach Timbuktu mit ihm gegangen. Du glaubst nicht, wie ich damals noch drauf war.» Nele lacht. «Das Haus war total kaputt. Auf dem Dachboden stand ein altes Himmelbett, und im Fenster saß 'ne Schleiereule. Nach der ersten Nacht hat er mir morgens Rührei mit Äpfeln gemacht. Das war im Oktober, mit Raureif auf der

Wiese und mit den kleinen hässlichen Äpfeln aus dem ver-
schimmelten Keller. Das schmeckte nie wieder so toll wie
damals. Obwohl die Äpfel später nicht mehr verschrum-
pelt waren und der Keller nicht mehr verschimmelt.»

Nele liegt auf dem Rücken, mit der Sonne im Sommer-
sprossengesicht, die Arme hinter dem Kopf. Sie scheint
mit den grauen Buchenstämmen zu reden, auf denen
sich das Seewasser flimmernd spiegelt. Ich weiß nicht,
wo ich anfangen soll, nachdem wir so viel verpasst haben
voneinander.

«Wart ihr eigentlich verheiratet?»

«Wir sind mit Schlüsselringen vom Baumarkt zum Rathaus. Die Trauzeugen waren zwei aus dem Warteraum
der Meldestelle. Keine Fotos, keine Gäste. Ich im Kleid
aus einer alten Gardine.» Als hätte sie die Kinder vergessen, fährt sie plötzlich hoch. Die Kinder graben im Sand
und schleppen alte Bretter. Nele lässt sich zurückfallen
und sieht in die Baumkronen.

«Nach der Hochzeit, noch in Italien, musste er furcht-
bar kotzen auf dem Heimweg, vom Schnaps und von
dem fettigen Essen. Ich hab ihn gestützt und irgendwas
Tröstendes gesagt, und er antwortet nur: *Halt's Maul.* Da
hätte ich total beleidigt sein müssen, war es aber nicht. Er
hat im Bett noch Gitarre gespielt, mir zum Einschlafen
vorgesungen: *Morgen früh, wenn Gott will, wirst du wieder
gefickt …* Da dachte ich, das muss die wahre große Liebe
sein, wenn ich ihm gar nichts übelnehmen kann.» Nele
lächelt.

Ich bin unangenehm berührt, beschämt, vielleicht weil
ich so gut nachvollziehen kann, was sie meint. Ich sehe

ihren sinnlichen Mund mit den großen Schneidezähnen, die sie beim kleinsten Lächeln schon nicht mehr hinter die Oberlippe kriegt. Dieser Mund kommt mir so unpraktisch vor. Wenn sie spricht, tanzen die Lippen in ihrem Gesicht, wie sie Lust haben, schlagen Wellen, kräuseln sich, plustern sich auf, als wollten sie ablenken, von dem, was sie sagt.

«Hallo, ich bin Nele. Ich bin Bettnässerin.» Das war das Erste, was sie damals zu mir sagte. Meine Mutter hatte meine Schwester und mich nach dem Frühstück runtergeschickt in die Wohnung, in die über Nacht eine Frau aus Dresden mit zwei Töchtern eingezogen war. Neles Mutter schob uns durch den langen Flur ins Kinderzimmer. Da lag Nele neben der Tür auf einer Klappliege zwischen Türmen aus braunen Pappkisten und sah zu uns hoch. Ich hatte das Wort *Bettnässerin* noch nie gehört.

«Ich bin Jette und komm bald in die Sechste», murmelte ich und blieb im Türrahmen stehen. Nele stand auf und streckte sich. Dass sie nachts Windeln tragen müsse, könne sie jedem, den sie kennenlernte, erzählen, habe ihre Mutter gesagt. «Das ist nicht peinlich, wisst ihr? Ich kann ja nichts dafür», sagte sie und zog unter dem Nachthemd ihre Windel aus.

Die sollte meine neue Freundin werden, dachte ich und fühlte mich ihr gleich verbunden. Nicht weil sie Bettnässerin war, sondern weil mir ihr langes weißes Nachthemd gefiel. «Du hast ja ein schönes Nachthemd», sagte ich, und Nele strahlte mich an und strich die Spitze am Ausschnitt glatt. Wir hatten etwas Entscheidendes gemein.

Seit sie eingezogen war, gingen wir morgens nebeneinander zur Schule, und nachmittags saß Nele meist schon auf dem Geländer zur Straße und wartete auf mich. Ich brachte meine Schultasche in die Wohnung, und Nele rief mir durchs Treppenhaus hinterher: «Bringstn Löffel Nutella mit?» Ich kam in Hausschuhen wieder runter und steckte ihr an der Tür den Löffel in den Mund. Es war gar kein Nutella. Wir nannten es nur so. Meine Mutter machte es aus Kakaopulver und Butter.

Neles Wohnung roch gut nach frischer Wäsche. Ihre Mutter machte Mode, und wir bekamen kleine Fließbandaufgaben. Damit saßen wir vor dem Fernseher auf Neles Bett, nähten Knöpfe an, stanzten Löcher in Gürtel, fädelten Pailletten und Perlen auf. Meistens war einer der Liebhaber von Neles Mutter noch in der großen Wohnung. Es war nicht so, dass die ehemaligen von neuen abgelöst worden wären. Es wurden bloß immer mehr, und manchmal waren auch zwei gleichzeitig da. Einer war ein dicker schwarzer Amerikaner, der sich nur von Kuchen und Cola ernährte. Einem fehlte ein Finger, den hatte er versehentlich abgesägt und dann absichtlich der Katze gegeben, erzählte er und zeigte uns noch eine riesige Narbe auf seinem Brustkorb. Er sagte: «Hai!», und wir glaubten ihm.

Irgendwann machte die Mutter eine Ausbildung zur Homöopathin. Sie praktizierte nebenbei. Dann kam ein Liebhaber mit chronischen Schmerzen in der Schulter, und Neles Mutter sagte zu ihm: «Entweder wir ficken, oder ich mach dich gesund.» Er wollte lieber gesund werden, und sie machte das.

Wir lagen in Neles Bett, als sie erzählte: «Ich bin mal

nachts aufgewacht, da wohnten wir noch in Dresden. Meine Mutter hat geschrien: *Kinder, helft mir! Ruft die Polizei!* Der Mann, der Mama weh getan hatte, ist dann aber von alleine abgehauen.» Nele erzählte das so, als hätte sie gar keine Angst gehabt. Am Nachmittag hatte ich erlebt, wie sie mit derselben selbstbewussten Direktheit zur Klavierlehrerin gesagt hatte: «Mein Vater ist verstorben.» Die Klavierlehrerin hatte gesagt, das tue ihr leid, und einen Strich gemacht auf ihrem Formular.

«Willst du denn deine Freundin jetzt immer mitbringen?», fragte die Klavierlehrerin noch und zeigte zu dem Stuhl in der Ecke, auf dem ich saß.

«Nachher ist es so dunkel. Da will ich nicht alleine durch den Park», sagte Nele.

Wir müssten uns nur auf dem Trampelpfad vor der Musikschule durch das Gebüsch bis zu der großen Eiche vortasten, ohne über die Wurzeln zu stolpern, dann würden wir über die Brücke zur Hauptallee kommen, hatte Neles Schwester uns erklärt. Wir hielten uns an den Händen, stolperten über die Wurzeln, rannten zur Brücke. Als wir unter der ersten Straßenlaterne standen, reckte Nele die Arme hoch in das orangegelbe Licht und drehte sich: «Aaaahhhhh, meine liebe Laterne!» Ich verstand Neles Angst vor der Dunkelheit nicht. Ich fühlte mich unwohl, wenn ich angeleuchtet wurde. Nele führte einen Stepptanz auf an der Bordsteinkante, und ich war ihre Zuschauerin.

«Wie ist denn dein Vater gestorben?», fragte ich auf dem Heimweg und dachte, Nele würde mir davon mit derselben Ungerührtheit erzählen. Aber sie zuckte mit den Schultern und schien sich nicht erinnern zu können.

Irgendwann verlor sich bei Nele die Eigenschaft, nachts ins Bett zu pinkeln. Und irgendwann fing sie plötzlich doch an, von ihrem Vater zu erzählen. Wir saßen in ihrem Zimmer auf dem Teppich, und sie sagte: «An dem Tag, als mein Vater gestorben ist, war meine Schwester im Ferienlager. Es hat morgens nach Gas gerochen. Meine Mutter kam ins Zimmer und sagte: *Du bleibst hier und bewegst dich keinen Zentimeter. Ich geh kurz zur Telefonzelle.* Mir war klar, dass was richtig Schlimmes passiert ist.»

Nele sah an die Zimmerdecke und schien erst jetzt, während sie mir davon erzählte, zu begreifen, dass sie diese Viertelstunde allein mit dem toten Vater in der Wohnung verbracht hatte. Er hatte in der Küche gelegen, den Kopf im Herd, während sie reglos in ihrem Zimmer saß.

Im Sommer füllte Nele einen leeren Benzinkanister im Brunnen vor dem Rathaus mit Wasser, goss es sich über den Kopf und fragte die Passanten: «Könnse mir mal Feuer geben?» Nele richtete ihr Inneres nach außen. Sie wollte Schauspielerin werden, wollte im Licht stehen und hatte Angst im Dunkeln. Bei mir war es andersrum.

Nele sieht mich aus schmalen grünen Augen an, und ich würde gern etwas sagen, das den Abstand zwischen uns kleiner macht. Aber da kommen schon die Kinder auf den Steg geklettert, und wir haben zu tun mit Handtüchern, klebrigen Schwimmflügeln, blauen Lippen, Saftflaschen und Keksvorräten, bis alle satt und trocken und weggerannt sind. Nele ist mit den Gedanken woanders. Bei ihm.

«Manchmal war's auch schrecklich. Bei unserer Radtour durch Ungarn wurde ich angefahren, lag im Straßengraben. Und er kam erst vier Stunden später zurück. Zwei Ungarn sind ihm hinterher: *Dein Frau, Bein kaputt!* Er hat sich einfach zwei Stunden lang nicht nach mir umgedreht. Kannst du dir das vorstellen?» Das sagt sie mit einem fassungslosen Lachen. «Seitdem hab ich versucht, nicht mehr in Situationen zu kommen, in denen ich auf ihn angewiesen sein könnte.» Nele hat eine senkrechte Falte über der Nase. Nach einer Pause sagt sie: «Deshalb fand ich es auch gar nicht bedrohlich, als Jessi auftauchte. Wir waren zu dritt sicherer als alleine.»

«Wie habt ihr Jessi denn kennengelernt?», frage ich so beiläufig wie möglich und habe dabei das Gefühl, Neles Offenheit zu missbrauchen. Früher haben wir alle Geheimnisse geteilt, aber jetzt interessieren mich seine Geheimnisse mehr als ihre.

«Er hat sie aus Berlin mitgebracht. Jessi konnte alles. Als Erstes hat sie ein neues Klohaus gebaut, dann den Hühnerstall, und dann ist sie aufs Dach und hat angefangen, die alten Ziegel runterzuschmeißen. Du glaubst nicht, wie viel Arbeit das war! Ich hab schon gemerkt, dass er sie süß findet. Ich fand sie ja auch süß.»

Ich habe mich auf die rissigen Bretter gelegt, hänge ein Bein ins Wasser und sehe zu Nele, die kurz zögert, dann aber doch weiterredet:

«Wir hatten abends in der Küche gesessen, und ich bin vor den beiden schlafen gegangen. Ich hab das schon geahnt, dass die beiden nicht mehr lange am Tisch sitzen werden. Ein paar Stunden später lag Jessi schlafend auf dem großen Sofa an seiner Schulter. Ich hab mich an die andere Schulter gelegt und Jessis Gesicht gestreichelt.

Ihr muss im Halbschlaf klar geworden sein, dass das nicht seine Hand sein kann. Ich hatte Angst, sie steht auf und geht weg, aber sie hat gelacht und mich geküsst. Da ist er auch wach geworden, hat uns angesehen und gesagt: *Ist das so schön, wie es aussieht?* Und dann ist alles wie von selbst passiert. Am Morgen kam ich mir vor wie sehr doll gedreht und noch nicht ausgetaumelt. Er war total dankbar, kam sich gerettet vor, hat er gesagt. Vor der Entscheidung zwischen uns.»

Nele stützt sich auf den Ellenbogen und sieht mich prüfend an. Ich frage schnell:

«Warst du gar nicht eifersüchtig – ich meine, zu sehen, wie er seinen Schwanz in eine andere Frau steckt?»

Nele lacht.

«Nee. Wenn er erschöpft eingeschlafen ist, haben wir ihn wieder aufgeweckt und ihm von links und rechts *Nimm mich. Nein, mich. Nein, mich* ins Ohr geflüstert. Wir waren in dieser Zeit alle drei immer todmüde. Eigentlich hat Jessi mir Sex überhaupt erst beigebracht.» Nele macht eine ausladende Handbewegung. «Ich war vorher einfach zu blöd, glaub ich, und viel zu ungeduldig.»

Dann erzählt sie von den Kindern, die fast gleichzeitig geboren wurden, und dass sie Jessis Kind mitgestillt hat, weil Jessi nicht genug Milch hatte. Sie sieht zum Himmel hoch, und es kommt mir vor, als würde sie innerlich weiterreden, einen großen Teil weglassen, für den sie vielleicht keine Worte findet. Oder keine Erinnerungen. Sie dreht sich zu den Kindern und sagt nachdenklich: «Ich weiß gar nicht, ob ich mich ohne Jessi nicht schon eher von ihm getrennt hätte. Ob ich überhaupt ein zweites Kind bekommen hätte.» Nele sieht aus, als ob das Problem immer noch vor ihr und nicht hinter ihr läge. «Egal, wir haben es irgendwie ausgehalten.»

Die Kleinste, wütend, heult, und die beiden Großen reden auf sie ein. Nele seufzt, steht auf. Ihr Gang hat etwas jugendlich Tänzelndes. Zurück kommt sie mit der Tochter auf dem Arm, wickelt sie in ein Handtuch, legt sie auf die Decke und sich selbst dahinter. Das Mädchen schluchzt und knetet Neles Hand. Sie streicht dem Kind eine Strähne aus dem Gesicht und küsst es auf die Schläfe.

«Den Kindern ist das egal, ob wir im selben Bett schlafen oder nicht. Hauptsache, alle sind da. Für mich wurde es viel entspannter, als ich ins Gutshaus gezogen war.»

Nele löst langsam den Arm aus der Umklammerung der Kinderhände, zieht sich den Haargummi aus dem Zopf, steckt ihn zwischen die Zähne und knotet ihr Haar im Nacken flüchtig zusammen. Sie nuschelt: «Aber dann kam der Brand.»

Nele hatte auf der Bühne gestanden in der Brandnacht. Und er brachte Plastiken zur Versteigerung nach Berlin, sodass Jessi allein war mit den vier Kindern, was selten vorkam. Sie musste auf dem Sofa eingeschlafen sein, und als sie aufwachte, passierte alles gleichzeitig: Der Feueralarm ging los, Leute aus dem Dorf stürzten ins Haus und holten die Kinder raus, Jessi wollte hoch, wo das Baby schlief. Aber da brannte die Treppe schon.

«Der Kleine war zu dem Zeitpunkt längst erstickt. Das haben die Sanitäter gesagt.» Nele dreht den Kopf weg, und ich sehe, dass ihre Unterlippe zittert. Dann atmet sie tief ein und dreht den Kopf mit einem Ruck wieder zurück. «Bevor die Feuerwehrleute ihn am nächsten Tag fanden, hatten wir gehofft, dass er vielleicht entführt worden ist. Stell dir das mal vor.»

Nele schüttelt den Kopf, und fast kann ich in ihren Augen die Flammen sehen, die Helme der Feuerwehrleute und die ganze entsetzliche Nacht.

Als Jessi den winzigen Sarg sah, rannte sie weg. Nele fand sie später im Wald, halb erfroren, aber sie weigerte sich, ins Krankenhaus zu gehen.

«Ich dachte, sie stirbt», sagt Nele. «Sie hat nur noch gekotzt, bis sie vierzig Kilo wog. Ich hab sie teelöffelweise mit Brühe gefüttert.»

Als das Mühlhaus wieder aufgebaut, alles wieder eingerichtet war, wollte keiner mehr drin wohnen. Erst die Kinder fingen an, das verfluchte Haus nach und nach wieder in Besitz zu nehmen. Nele streichelt dem schlafenden Mädchen den Arm.

«Er war ein Jahr jünger als sie.» Sie sieht mich an, und erst jetzt wird mir mein entsetzter Gesichtsausdruck bewusst. Nele schüttelt den Kopf. Ihr Blick scheint mich trösten zu wollen: So ist das Leben.

«Die Leute aus dem Dorf waren nach dem Brand freundlicher als vorher. Aber Besuch kam fast gar keiner mehr.»

Der Wald am Ufer wirkt plötzlich wie ein Vorwurf. Ich versuche, etwas zu sagen, und weiß nicht, was. Ich finde keine Erklärung, warum ich mich damals nicht gemeldet habe. Ich war so beschäftigt? Ich hab's nicht richtig mitgekriegt? Ich hab mich nicht getraut? Klingt alles bescheuert.

Nele antwortet auf meine unausgesprochenen Gedanken: «Wir wollten nach dem Brand auch kaum jemanden sehen.» Sie beugt sich vor, streicht über ihre braunen Waden, wie ich es selber oft tue, mit dem abwesend prüfenden Haarentfernungsblick. «Dass wir dann Elli eingestellt haben, war gut. Die ist hier im Dorf geboren und hat schon als junges Mädchen im Gutshaus die Kinder gehütet. Seitdem die bei uns ist, wird im Dorf nicht mehr schlecht über das Mühlhaus geredet. Aber dass es verflucht ist, das denken die meisten immer noch. Eigentlich denken das alle.»

Auf dem Weg vom See zurück zum Haus fotografiere ich das Schlauchboot mit den sechs Kinderbeinen. Nele und ich gehen eine Weile still nebeneinanderher, barfuß im staubig grauen märkischen Sand, der aussieht wie Asche. Irgendwie hängen sie hier alle aneinander, denke ich, können nicht zusammenleben, aber auch nicht ohneeinander.

Wir sehen Jessi von Weitem Holz stapeln. Als hätte Nele wieder meine Gedanken erraten, sagt sie: «Ich bleib ja auch wegen ihr. Sie hat seit dem Brand eine Psychose. Manchmal kommt sie tagelang nicht aus der Scheune, manchmal brüllt sie im Dorf rum und beschimpft alle. Einmal hat sie das Klavier aus dem Haus geschleppt, allein, bis zur Bushaltestelle, weil sie wütend war auf ihn. Ich kann sie nicht alleinlassen, verstehst du.»

Am Abend macht er ein Lagerfeuer. Fast ausgelassen tobt er mit den Kindern. Ich setze mich nah an die Flammen, sehe ihm zu. Der Junge kommt mit einem kaputten Bogen. Er nimmt das Kind an die Hand, sie holen Werkzeug, reparieren, schnitzen und schmücken das Stück mit großer Ernsthaftigkeit. Neles Regeln scheint er ebenso wenig zu verstehen wie die Kinder. «Die sollen erst die Stullen essen und danach die Schokolade!» Er sieht die Kinder an mit runtergezogenen Mundwinkeln, als wüsste er nicht, was das soll. Auch dass sie nicht mit den glühenden Stöckern wedeln sollen, scheint ihm unverständlich.

Er hat einen schmalen Tunnel aus Weidenruten in die Erde gesteckt. Die Kinder zerren an Nele, sie soll auch mal durchkriechen. Er daneben: «Du passt doch da gar nicht durch mit deinem Gebärkasten.» Nele bleibt lachend auf dem Bauch liegen.

«Mit meinem was?»

Mir fällt auf, dass Neles Sohn einen kleinen bunten Beutel um den Hals trägt, den er auch beim Baden nicht abgenommen hat.

«Was ist denn dadrin?», frage ich ihn. Er fasst das Säckchen an.

«Ein Stück verbranntes Holz aus dem Zimmer, in dem mein kleiner Bruder gestorben ist», sagt er ernst. Er kaut versonnen auf einem Finger und sieht mit abwesendem Blick in die Flammen. Nele sagt:

«Wir waren bei einem Schamanen. Der hat gesagt, wir sollen ihm den Beutel geben, damit er das Trauma besser verarbeiten kann.» Sie wirkt zufrieden und wickelt sich mit dem Sohn in eine Decke.

Jessi ist unbemerkt durchs Halbdunkel gekommen. Still hockt sie jetzt am Feuer, ein zierlich verschwommenes Rembrandtgesicht. Die Flammen flackern in ihren Pupillen. Der Feuerschein zeichnet ihre Schultern und, in weichen dunklen Schatten, ihren Hals, ihr Dekolleté. Sie redet leise mit ihrer Tochter und versucht, sie halbherzig vom Schlafengehen zu überzeugen.

Der Mond sieht aus wie mit einem scharfen Tortenmesser halbiert. Hinter dem Hausdach verschwindet erstaunlich schnell ein Stern oder erstaunlich langsam ein Flugzeug. Wir fangen ein Wortspiel an, der Bildhauer will nicht mitmachen, aber Nele lässt das nicht zu. «Klar machst du mit!» Reihum soll jeder ein Tier nennen, und das jeweils nächste muss mit dem letzten Buchstaben des vorigen beginnen.

Der Bildhauer zählt Tiere auf wie den Gemeinen Gelbbauchmolch, den Reißwolf, die Klappergrasmücke, den Schlaftiger und die Sickermotte. Die Kinder lachen, und die Erwachsenen lachen, weil die Kinder lachen. Dann geht es um zweite Vornamen. Dass Jessi noch Irene heißt, hat bisher keiner gewusst. Er sagt, Irene komme aus dem Griechischen und bedeute Frieden. Wir fragen ihn nach den Bedeutungen unserer Namen und deren der Kinder. Er kann sie alle erklären, erst widerwillig, aber dann findet er verschollene Sprachkenntnisse wieder und neue Bedeutungen, die ihn selbst erstaunen.

Mein Blick bleibt immer wieder an Jessis Bein hängen im kalten Mondlicht, das die schwache Glut überstrahlt. Ich betrachte den nackten länglichen Fuß mit den roten Nägeln, der langsam über einen warmen Stein am Lagerfeuer streicht, hin und her. Ich weiß nicht, ob es der Anblick ist, der mich erotisiert, oder irgendeine andere wirre Wahrnehmung.

Jessi verschwindet in der Dunkelheit, wie sie gekommen

ist. Nele ist auch schlafen gegangen, und das Gespräch hat sie mitgenommen.

Er legt kein Holz mehr nach. Als ich ins Bett gehe, steht er unvermittelt hinter mir im dunklen Haus. In meinem Kopf ein Rauschen. Plötzlich begreife ich, dass man vor hundert Jahren im Korsett ohnmächtig werden musste, wenn der Mann, nach dem der ganze Körper verlangte, in der Nähe war und trotzdem unerreichbar. Als ich die Tür mit weichen Knien hinter mir schließe, atme ich tief durch und weiß, dass es gut ist so.

Ich lege mich im dunklen Zimmer auf das Bett. Es gibt nur eine Möglichkeit, jetzt nicht rüberzugehen: Ich stelle es mir vor. Durch die Wände spüre ich, dass er mich über den Flur in sein Bett holen will. Ich ziehe mich aus und schlafe mit ihm, in meinem Bett, ohne ihn, mit mir. Ich sehe meine Hand verschwinden in dem dunklen Dreieck, meine Schenkel aufragen, links, rechts; ich sehe zur Tür, sehe, wie sich meine Bauchdecke hebt und senkt, sehe wieder zur Tür, sehe, wie er reinkommt, reinkommen könnte, und spüre seine Hände zwischen meinen Schenkeln, seinen Bart auf meinem Bauch. Dann ist nur noch silbrige Dunkelheit um mich, keine Tür mehr, keine Schenkel, nur weiches Schwarz wie eine Wolldecke, die mich einhüllt, schwer, ergeben, zufrieden.

Einschlafen kann ich lange nicht. Nackt setze ich mich in das niedrige Fenster, sehe in die Sterne, drehe Haarsträhnen zwischen den Fingern. Der Mond hat die Nacht hell gemacht, fast könnte man Zeitung lesen. Meine Haut riecht ein bisschen geröstet. Süß milchig und nach Sonne. Ich höre die Haustür aufgehen und sehe die Katze über die Terrasse jagen. Die Tür wird nicht wieder geschlossen, und ich beuge mich aus dem Fenster. Da steht er auf der Terrasse, nackt, mit verschränkten Armen, sieht in die Sterne, geht zum Gebüsch, pinkelt. Mein Atem stockt. Ich habe Angst, dass er mich sieht, und gleichzeitig wünsche ich mir nichts sehnlicher als das. Seine blauschwarze Silhouette bleibt mir im Kopf und tobt in mir herum, wühlt sich durch meine Brust vorbei an meinem pochenden Herzen, poltert in meinen Unterleib. Das Fensterbrett stößt genau dort an, wo das Schamdreieck spitz zuläuft, genau an den Punkt, der wie auf Knopfdruck die Erregung auslöst, die ich schon wieder nicht aufhalten will. Ich müsste mich nur dagegenpressen. Der Vorhang hinter mir streift meinen Po wie eine fremde Hand. Meine Stirn schlägt vor Schreck gegen das Fensterkreuz.

Ich schlafe schlecht in dieser zweiten Nacht im Mühlhaus. Als ich aufwache, ist es so unendlich dunkel, dass ich lange brauche, um das Fenster von der schwarzen Wand zu unterscheiden. Ich kann nicht aufstehen und verstehe nicht, warum. Langsam wird mir klar, dass die Decke zu schwer ist. Etwas liegt auf mir. Ich hebe den Kopf und kann etwas Großes, Schwarzes auf der weißen Decke erkennen. Es ist aus Fell und lebt. Nach einer Ewigkeit begreife ich, dass es ein Hund sein muss. Er ist vermutlich durch das geöffnete Fenster in mein Zimmer gekommen. Vorsichtig rutsche ich unter der Decke hervor, der Hund bewegt sich ein wenig, scheint aber nicht aufzuwachen. Ich tappe zum Klo und stoße mich an mehreren Pfeilern. Als ich zurückkomme, ist er verschwunden.

Etwas ist anders an diesem Morgen. Es ist vollkommen still. Keine Kinder. Klar, es ist Montag. Die Tür zu seinem Schlafzimmer steht offen, und diesmal bleibe ich stehen. Er streckt den Arm aus nach mir. Ich lege mich an seine Schulter und sehe aus dem Fenster. Die Sonne flackert durch die Blätter, und das Kletterzeug von der Veranda malt schöne Muster an die Wände. Sein Herz schlägt ungleichmäßig und weit entfernt in seinem Brustkorb. Wie eine galoppierende Büffelherde, die aus einer anderen Zeit auf mich zukommt und ein Echo in seinem Körper zurückgelassen hat.

Dass der Mann so gut riecht am Hals und am rotbraunen Bart, macht es mir schwer, meine Hand auf seiner Brust stillzuhalten, nicht in Gang zu setzen, was nicht in Gang gesetzt werden darf. Beinahe ist mir egal, ob er merkt, dass aus meinen Augen Tränen in sein Shirt sickern. Es ändert nichts. Plötzlich weiß ich, dass er alle beide noch liebt und sie ihn. Sie wohnen hier unter dem schweren Tuch im Paradies, aneinandergekettet. Er, in der Mitte, ist der Pfahl, an dem die Ketten hängen. Nur die Kinder sind frei und tanzen immer ringsum, machen sich lustig über die Erwachsenen, die es nicht schaffen, voneinander loszukommen.

Wir liegen lange so, bis Elli kommt und Kaffee kocht. Ich stehe auf. Elli gibt mir ein Tablett. «Geht mal draußen frühstücken, ich will hier Krach machen.»

Auf meinem Teller: eine violette Feige. Ich hab mal jemanden sagen hören: «Wenn du wissen willst, wie eine Frau im Bett ist, gib ihr eine Feige und guck zu, wie sie die isst. Wenn sie die zum Beispiel in kleine Würfel schneidet,

· 45

dann is ganz schlimm!» Daran muss ich denken, als ich die Frucht vorsichtig in zwei Hälften breche und beginne, die Kerne mit den Lippen langsam aus dem weichen Fleisch zu saugen. Er sieht auf meinen Mund und schluckt, als ich den übriggebliebenen Stiel ins Gras schnipse.

Mir fällt die nächtliche Begegnung mit dem schlafenden Hund ein, und ich erzähle ihm davon. Das scheint seine Gleichmütigkeit zu erschüttern. Er stellt seine Tasse ab und sieht mir so tief in die Augen, dass ich fast Angst bekomme. Hinter diesen grüngraublauen Kieseln scheint ein Universum zu liegen, das mich lähmt und einsaugen will. Er sucht etwas in mir, und ich bin mir nicht sicher, ob ich will, dass er es findet.

Es gibt keinen großen schwarzen Hund im Dorf. Aber es hat auf dem Hof mal einen gegeben. Der war nach dem Brand weggelaufen und nie wieder gesehen worden. Er starrt nachdenklich Richtung Waldrand, als suchte er das Tier.

Nach dem Frühstück gehe ich zu Nele ins Gutshaus. Hier ist die Luft viel leichter. Nele kocht Tee, setzt sich mir gegenüber, und ich merke, wie ein leises Misstrauen zwischen uns schwebt. Ich versuche, ihr so entschlossen wie möglich in die Augen zu sehen.

«Da ist nichts. Wirklich nicht.» Es sollte beiläufig klingen. Nele lächelt, als wäre jede Erklärung überflüssig, sieht aus dem Fenster.

«Irgendwie sind wir ja doch noch mit ihm zusammen.»

Für mich gibt es nur eine wichtige Frage: ob sie noch mit ihm schläft. Ich will die Antwort nicht wissen.

Beim Abschied muss ich ihr versprechen wiederzukommen. Ich gehe noch einmal über die Felder und sehe das Haus von Weitem. Wie ein riesiger Stein liegt es in der Landschaft zwischen Eschen, Kastanien und Linden. Es zieht mich an, mit seiner elenden Schönheit. Es zieht mich an und stößt mich ab. Mir ist, als könnten sich jeden Moment Wurzeln aus meinen Füßen in die Erde graben.

Ich fotografiere die Ruine am Ende des Gartens, die ganz von Efeu umhüllt ist. Vielleicht wird hier drin mal eine dritte Frau mit seinen Kindern leben. Ich gehe rein und spüre, dass ich das sein könnte. Mir wird plötzlich kalt. Noch ein, zwei Nächte, dann wäre ich eingefangen, so wie Nele und Jessi.

«Schön, dass du da warst», sagt er, als ich mich von ihm verabschiede, und diesmal umarmt er wirklich mich, schiebt einen Träger von meiner Schulter, küsst sie mit unerwartet weichen Lippen, schiebt ihn wieder hoch und sieht mich an. «Du riechst gut.» Ich schaffe es mühsam zu lächeln mit zitternden Mundwinkeln.

Auf der Landstraße muss ich anhalten, um zu heulen. Ich steige aus, und mein Körper fängt an, nach ihm zu schreien. Die Gefühle, die er in mir hinterlassen hat, ziehen sich wie Brennnesseln durch meinen Körper, stechen mir von innen gegen die Schultern, schnüren mir die Luft ab, kleben in meinem Hals, steigen in meinen Kopf, lassen meine Ohren rauschen. Mein Herz zerrt an mir und will raus. Zu ihm. Dass ich es geschafft habe, nicht mit ihm zu schlafen, war Angst, nicht Stärke. In meinem Fleisch sitzt er trotzdem.

Wieder in Berlin, will ich die entwickelten Filme abholen. Aber der Laborant ruft schon, als ich reinkomme:

«Also, diesmal haste Mist gebaut. Da ist nur auf manchen was drauf. Vielleicht solltest du dir doch mal 'ne Digi besorgen.»

Als ich mir die Streifen auf dem Leuchttisch ansehe, stelle ich fest, dass nur die Bilder, die ich außerhalb des Hauses gemacht habe, normal belichtet sind. Die Filme, die ich im Garten, im Haus und Atelier verknipst habe, sind leer.

SEITENFLÜGEL LINKS,
DREI TREPPEN

Im halbdunklen Hausflur roch es nach Kalk, Kohlen und Keller. Das Geländer endete unten in dem mächtigen Kopf eines unidentifizierbaren Tieres mit breitem Schnabel und musste mal schwarz lackiert gewesen sein. Die ausgetretenen Stufen, auf denen das Holz kaum noch vom abgewetzten Linoleum zu unterscheiden war, erzählten von der Mühsal der Jahrzehnte, vom Kohleeimerhoch- und Ascheeimerrunterschleppen, genau wie die knorpeligen Hände des immer kartoffelschälenden alten Mannes im ersten Stock. Als Kind waren mir die dunklen Flügeltüren riesig und die grünen Kachelöfen, die bis zur Decke reichten, gewaltig vorgekommen. Die Zimmerfluchten mit Stuck, Parkettböden und Erkern schienen endlos zu sein.

Der Alte hatte das Haus von seinem Großvater geerbt und es nicht an die Kommunale Wohnungsverwaltung verkauft. Eine seiner vier Töchter wohnte in unserem Aufgang unter Nele, und ihr Kühlschrank stand im Hausflur vor der Wohnungstür, weil er nicht in die Küche passte. Ihr Freund wohnte gegenüber und aß nachts auf der Treppe den Kühlschrank leer. Niemand verstand, warum das so sein musste.

Nele und ich waren gekommen, um die Katzenbabys zu sehen. Die Wohnung war eng und voller großer Pflanzen, Moos, Schildkröten, einem Hund, der wie ein Löwe aussah, und unzähligen Katzen. Vor dem offenen Fenster auf dem kleinen Küchentisch standen dicke Kerzen, dampfende Teetassen und süße Brote. Wir bekamen einen Stuhl hingestellt, wo eigentlich überhaupt kein Platz mehr war, und die Katzenkinder auf die Schöße. Mit dem Feuerhaken legte sie die eisernen Ringe übers Ofenloch. Die Flammen züngelten durch die Ritzen und leckten am Kessel.

«Die guten Geister kommen erst, wenn Feuer im Herd ist», sagte sie. Die riesige Platane vom Hof streckte ihre Zweige in die Küche. Der Regen rauschte auf den ledrigen Blättern, und es war wie im Urwald. Das Haus kam mir vor wie ein großer alter Baum.

Ganz oben im Hinterhaus war eine junge Mutter eingezogen. Sie war neunzehn, das Kind drei. Ein zweites hatte sie im Bauch. Sie saß in unserer Küche und erzählte, dass der Vater bei der Nationalen Volksarmee sei. Urlaub kriege er keinen zur Geburt des zweiten. Er war bei den Eltern gemeldet und nicht mit ihr verheiratet.

Schließlich brachte sie uns das Kleinkind, sagte, sie ginge ins Krankenhaus. Sie lief aber stattdessen mit Wehen zum Wehrkreiskommando. Sie wog neunzig Kilo mit dem Bauch, setzte sich auf die Treppe und verkündete, sie werde ihr Kind dort zur Welt bringen, wenn der Vater nicht sofort nach Hause käme. Er kam ein paar Stunden später, gerade rechtzeitig, hatte einen Tag Zeit, ihr Kohlen in die Kammer zu stapeln, dann musste er zurück.

Später begegneten wir ihr auf dem Hof mit einer Kellertür auf dem Rücken. Die wollte sie über die Badewanne legen und darauf ihr Bett bauen. Kohlen hatte sie zu wenig, Geld auch, und so schlief sie mit den Kindern am Gasheizer im Bad.

Gegenüber wohnten die katholischen Zwillinge mit den langen blonden Zöpfen, die ihnen bis in die Kniekehlen baumelten. Sie waren älter als wir und hatten irgendwo eine große Schwester, die nicht mehr nach Hause kommen durfte. Der Vater hatte es verboten.

«Sie hat den falschen Mann geheiratet», sagten die Zwillinge. «Nicht katholisch», flüsterten sie. Nur ihren langen blonden Pferdeschwanz hatte die Schwester dagelassen. Der hing im dunklen Flur am Spiegel. Die Mutter wickelte den Mädchen jeden Morgen ein Haar der Schwester um das Zopfende.

Im Konsum im Vorderhaus durften wir nur einen Liter Milch pro Tag kaufen, damit es für alle reichte. Es reichte aber nie für alle. Wenn einer am Vormittag Schnaps kaufen wollte, konnte es passieren, dass die Verkäuferin schimpfte: «Wat solln dit jetze! Da haste doch 'ne Fahne uff Arbeit! Jib ma her, leg ick dir zurück, kannste Feierabend wiederkomm'!»

Einmal hörten wir sie, über den Ladentisch gebeugt, einer Kundin leise erzählen: «Früher war ick ja Putze bei der Behörde. Jugendamt. Als der Vater von meim Kleen verschwunden is, dacht ick, mach ick 'n jetzt? Hab ick beim Amt jesacht, weeß ick nich, wer der Vater is. Ick bin hier nur Putze, ick dreh mich doch nich jedet Mal um. War die erst mal schockiert. Sollt ick vierzich Adressen

angeben, hab ick einundvierzich ausm Telefonbuch abje-
schrieben. War den' zu viel für die janzen Vaterschafts-
tests. Krieg ick den Unterhalt vom Staat seitdem.» Damit
lehnte sie sich zurück, die Hand in der Hüfte mit Kittel-
schürze, zog das Kinn hoch, und die Kundin staunte.

Als die Leute anfingen, über Ungarn in den Westen zu
verschwinden, kam immer jemand auf uns zugestürzt,
sobald wir im Trabant den Hof verließen.

«Haut ihr ab?»

«Nee. Wir fahren zum See, kommen heut Abend wieder!»

Trotzdem sah man uns misstrauisch hinterher.

Die junge Mutter mit Kleinkind und Baby rief eines
Nachmittags an. Ob ich einen Schraubenzieher hätte. «Ja»,
sagte ich. «Soll ich ihn dir rüberbringen?» Sie lachte.

«Rüberbringen, wirst du mir den nicht können! Ich bin
im Westen. Du musst bitte meinen Briefkasten aufbre-
chen. Ich ruf gleich noch mal an, und dann liest du mir
alles vor, ja?» Ich mühte mich erst mit dem Briefkasten
und dann mit der Handschrift des Soldaten.

Zur Jugendweihe hatte ich schwarze Lackschuhe getragen, mit Schleife, wie alle Mädchen aus meiner Klasse. Es
gab keine anderen in der Jugendmode. Zu Nele sagte ich:
«Deine Schuhe nächstes Jahr, die kaufen wir im Westen.»

So kam es. Direkt nebenan hatte sich eine zweite
Stadt aufgetan. Die Straße ging einfach weiter, da, wo
sie unsere vierzehn Lebensjahre lang zu Ende gewesen
ist. Wir liefen planlos durch die neuen Straßen und ent-
schieden abwechselnd an jeder Ecke, ob wir nach rechts

oder links gehen wollten. An der Bushaltestelle suchten wir uns Papierschnipsel aus den Mülleimern und hielten sie beim Einsteigen als Fahrscheine hoch.

Am Bahnhof Zoo stand eine Straßenband und spielte *Sympathy for the Devil*. Sie holten uns dazu, und wir sollten die ganze Zeit «Uuhuuu» singen. Da die Menge nicht aufhörte zu tanzen, konnten wir nicht aufhören zu singen.

Wir stromerten durch die Kaufhallen, die plötzlich Supermärkte hießen, und probierten alles. Wir öffneten jeden Joghurt im Regal, wir beugten uns in die Kühltruhen, holten aus jeder Verpackung etwas heraus und steckten es in den Mund. In den alten Kaufhallen hatte es von allem nur eins gegeben: eine Sorte Milch und Butter, eine Sorte Mehl oder Nudeln. Jetzt gab es endlose Varianten, und wir versuchten herauszufinden, wozu. Vor dem Saftregal fing ich an zu heulen. Ich kannte nur Babysaft. Wenn es den mal gab, war es ein Fest.

Nele besorgte ihre Jugendweiheschuhe allein. Es waren neongrüne Pumps.

«Wovon hast du die denn bezahlt?», fragte ich.

«Na, gar nicht.» Sie zuckte die Schultern. «Dafür haben die im Kaufhaus jetzt meine alten.» Dann zerrte sie ihre Klamotten aus dem Kleiderschrank. «Ich will den ganzen Ostscheiß nicht mehr anziehen!» Sie stopfte alles wahllos in Mülltüten, und ich zog es wieder heraus. «Kannste alles haben», sagte sie.

Nele nahm mich nicht mit, wenn sie durch die Läden zog und sich neu einkleidete. Geld nahm sie auch nicht mit. Als sie von der Polizei nach Hause gebracht wurde, war ihr Kleiderschrank längst wieder voll.

Niemand ging mehr regelmäßig in die Schule, selbst die Lehrer nicht. Alte Schulbücher flogen zerfetzt im Treppenhaus herum. Die Jungs sprangen über die Tische, und unsere Lehrerin stand vor der Klasse, rührte in einem imaginären Topf und sprach zur Beruhigung mit sich selbst: «Ich koche, ich koche, ich koche …» Oder sie hielt imaginäre Zügel: «Ich reite, ich reite, ich reite …» Irgendwann stellte sie sich aufs Fensterbrett und sagte: «Wenn noch einer ein Wort sagt, spring ich.»

Einer rief: «Spring doch, wir brauchen dich sowieso nicht mehr!» Da rannte sie kreischend durchs Schulhaus.

Unser Russischlehrer, der immer vor die Tür gegangen war, um einen Schluck aus seinem Flachmann zu nehmen, trank jetzt offen im Unterricht. Der Deutschlehrer, der den Mädchen für jede Eins einen Kuss gegeben hatte, küsste uns jetzt auch für alle anderen Zensuren. Die Chemielehrerin wusste nicht mehr, was sie auf die Zeugnisse schreiben sollte, und spielte mit den Schülern Skat um die Zensuren. Nur unseren rothaarigen Geschichtslehrer, den wir den «Urmenschen» nannten, nahmen wir noch ernst. Er hatte sich einen Videorekorder gekauft und zeigte uns *Blutige Erdbeeren*, *Die Blechtrommel* und *1900* in seinem Wohnzimmer. Er schien es genauso lustig zu finden wie wir, dass keiner mehr wusste, wie es weitergehen sollte.

Nele und ich tanzten auf unserem Hausdach um die Schornsteine und waren glücklich, dass sich unsere sozialistischen Zukunftsaussichten im letzten Moment in nichts aufgelöst hatten. Wir mussten keine technischen Zeichnerinnen im Bergmann-Borsig-Betrieb werden und

auch keine Lehre im Textilkombinat machen. Ins Wehr-
erziehungslager mussten wir auch nicht. Wir waren frei
und gerettet.

Das leer gewordene Haus füllte sich wieder. Die junge
Mutter kam zurück aus dem Auffanglager Marienfelde,
mit Mann und Kindern und einer geförderten Ausbildung
zur Finanzkauffrau in Westberlin. Aus der dunklen Par-
terrewohnung im Vorderhaus wurde ein selbstverwal-
tetes Bordell. «Die brauchen keen Tageslicht», sagte der
Alte.

Drei junge Frauen hatten sich die Wohnung mit viel
Plüsch eingerichtet. Ich sah sie auf dem Hof rauchen und
wunderte mich, dass sie ganz normal aussahen. Sie hätten Krankenschwestern sein können. Nach einem halben Jahr suchten sie sich etwas anderes. Nicht mal der
einsame Herr Schallhorn aus dem Vorderhaus, der den
teuren Citroën fuhr, war Kunde geworden.

UNSICHTBAR

Ich komme aus dem Theater und will noch nicht nach Hause. Zu Hause ist niemand. Irgendwen müsste ich doch treffen, wenn ich nur lange genug auf der Straße herumlaufe, denke ich. Ich schiebe mein Fahrrad auf den Bürgersteig, damit die Wahrscheinlichkeit einer Begegnung größer wird. Es gibt in dieser Riesenstadt eine Menge Männer. Da müssten doch ein paar darunter sein, die okay sind. Könnte mir nicht einer davon hier begegnen?

Ich setze mich in ein Café und sehe aus dem Fenster. Draußen auf der Bank liegt eine bunte Zeitschrift. Der Wind blättert sie für mich durch: Models und Schmuck und sommerliche Landschaften mit Wasser und Bergen. Dann zurück: Berge und Wasser und Landschaft und Schmuck und Models. Der Wind klappt die Zeitschrift sorgfältig zu. Eine Frau nimmt sie, kommt rein, setzt sich und blättert genauso gleichgültig darin herum wie eben noch der Wind.

Es hat zu regnen begonnen, und die Straße verschwimmt vor der Scheibe. Ich denke an nichts Bestimmtes, sehe nur raus mit unscharfem Blick auf die Stelle zwischen dem weißen Lampion und dem grün lackierten Klappstuhl mit den glitzernden Tropfen an der Lehne.

«Jette, träum nicht!» Manchmal sagten das sogar meine Freundinnen. Als Kind habe ich nicht verstanden, warum ich nicht träumen sollte. Ich dachte zuerst, dass es vielleicht schädlich sei für die Gesundheit, so wie es schädlich war, zu schielen, wenn die Uhr zwölf schlug, oder die Rotze hochzuziehen, weil sie dann im Gehirn landete. Aber dann erklärte mir Nele, ich würde einfach keinen Mann finden, wenn ich weiter so verträumt bliebe. Seitdem musste ich immer an den Mann denken, den ich nicht finden würde, wenn jemand «Träum nicht» sagte. Ich fürchtete Neles Prophezeiung. Aber ich fürchtete auch, dass ich am Unterarm ein Affenfell bekommen würde. Im Unterricht hatte ich die Härchen aus Langeweile mit der Papierschere geschnitten. Nele sagte, sie würden an der Stelle zehnmal schneller und zehnmal dicker nachwachsen als vorher.

Wegen Mathe und Rechtschreibung fünf war ich in der Zehnten für ein halbes Jahr in ihrer Klasse gelandet. Aber wir wurden gleich wieder auseinandergesetzt. Nele langweilte sich demonstrativ, pellte unter der Tischkante Mandarinen, malte Kringel in ihr Heft und schrieb Botschaften an ihren Freund, der am anderen Ende des Klassenraums saß. Er war der Einzige, den der Unterricht ernsthaft zu interessieren schien. Zumindest beantwortete er ihre Zettel nicht. Die fleißigen Mädchen in der ersten Reihe waren auch bei der Sache und schrieben schön in ihre Hefte. Der Rest der Klasse versuchte sich, so gut es ging, mit etwas anderem zu beschäftigen.

Der Lehrer hielt nicht viel von Nele. Und sie hielt nichts von ihm: «Der is so ausjetrocknet, der Alte, den kannste am kleen Finger anzünden.» Nele störte und provozierte und leistete nur blödsinnige Beiträge. Manchmal schien er froh zu sein, weil er meinte, einen Draht zu uns gefunden zu haben. Aber dann konnte Nele ihm immer wieder beweisen, dass es der falsche Draht war. Bei einem Museumsbesuch hatte sie mitten in der Gemäldegalerie der ganzen Klasse ihre Brüste gezeigt. Sie hatte sich auf eine Bank gestellt und ihre Bluse aufgehalten: «Hier! Wenn ihr mal was Originales sehen wollt!»

Der Lehrer fand, dass Nele sich für die Sache im Museum verantworten solle, und ihre Mutter musste zum Gespräch. Aber der Direktor sagte nur: «Lassense mal! Wenn die 'nen Freund hat, wird dit besser.» Neles Mutter konnte gut mit dem Direktor. Aber als der Lehrer Nele wieder mal einen Zettel durch die Klasse schnipsen sah, rief er: «Es reicht! Du analysierst jetzt das Märchen vom Froschkönig. Worum geht's, was wird dargestellt? Was gibt's für Symbole? Erzähl mal!»

Nele kaute auf ihrem Stift.

«Dazu fällt dir nichts ein? Das hätte mich auch gewundert! Du schreibst mir bis morgen eine Seite darüber!»

Ich wusste, dass Nele mit ihrem Freund zur Fahrradtour verabredet war. Sie war total verliebt.

«Fällt dir was ein? Letzte Chance!» Nele überlegte und fing in ihrer Bedrängnis zu denken an.

«Der Frosch ist ein Sexsymbol, ist doch klar!» Sie hatte wahrscheinlich gehofft, dass die Klasse lachen würde, aber der Lehrer sagte gleich:

«Mach weiter! Was bedeutet die goldene Kugel?»

Nele durchsuchte mühsam ihr Gehirn.

«Das ist die Kindheit, die sie verliert.» Jetzt stolperten die Worte zeitgleich mit ihrer Entstehung aus ihr heraus. «Aber die Kindheit ist ihr total wichtig, und dann kommt der Frosch, und es ist ihr scheißegal, was sie dem verspricht. Und der Vater ist irgendwie die Verantwortung. Der Frosch will ihren Körper, sie findet ihn aber eklig. Und die Kugel spielt gar keine Rolle mehr. Die Kindheit ist weg, und es hat gar nichts geholfen, dass der Frosch die rausgeholt hat aus dem Brunnen. Das handelt irgendwie alles vom Erwachsenwerden und wie man da überrumpelt wird und wie das am Ende eine Art Erweckung ist.»

Es war still geworden im Klassenraum. Alle sahen zu Nele. Sie war verstummt. Ich wusste, dass sie eigentlich nur hatte bluffen wollen. Der Lehrer sah sie ernst an, mit schiefgelegtem Kopf: «Danke, Nele.» Er trug etwas ins Klassenbuch ein, und der Unterricht ging weiter. Nele hatte ihren Vorhang aus langen Haaren vors Gesicht gezogen und tat, als würde sie lesen.

Ich könnte den Kopf bewegen, um zu sehen, wer gerade reingekommen ist. Ich überlege, warum ich es nicht tue. Vielleicht will ich gar keinen Mann finden, sondern lieber von ihm träumen.

Draußen läuft einer durch den Regen, den ich kenne. Aber der interessiert mich nicht. Ich bin froh, dass er mich nicht gesehen hat. In diesem Zustand werde ich niemandem begegnen. Ich habe mich unsichtbar gemacht. Eine Art menschenabweisendes Kraftfeld umgibt mich wie eine Blase.

Nach dem Regen wird es gleißend hell. Die Straße riecht nach nassem Staub. Ich rolle mit dem Rad über das Pflaster zwischen den Straßenbahnschienen. Schon als Kind bin ich hier runtergerollt: im Stehen mit wehendem Rock, wie die Königin von Berlin. Damals dachte ich, dass ich das für immer bleiben würde.

Ich würde gern wieder Königin sein. Ich weiß nur nicht mehr, wie.

Zu Hause mache ich kein Licht an. Ich stelle mir vor, ich wäre blind. Es ist angenehm. Der Raum existiert nur da, wo ich gerade bin.

Ich überlege, meine Nachbarin zu besuchen mit einem Zettel:

Bin heiser, darf nicht sprechen.
Kann ich bei dir fernsehen?

Sie würde mir Ja-nein-Fragen stellen, oder wir lägen stumm auf ihrem Bett vor der Serie, die ich durch die Wand hören kann. Ich wäre so gerne stumm oder wenigstens heiser. Oder taub? Der Straßenlärm und der Nachbarfernseher würden mich dann nicht mehr stören.

Im Bett denke ich, wenn ich mich in einen Erregungszustand versetzen könnte, würde mir das vielleicht helfen, zurückzufinden zu mir. Aber es ist nicht wie sonst. Das Lustgefühl hat sich in meinen Körper verkrochen und will nicht mehr hervorkommen. Es ist, als wäre ein Teil von mir noch bei ihm.

THEATER

Vor meinem Fenster will sich Schnee auf die Kastanienzweige legen. Es ist März, aber das interessiert den Schnee nicht. Ich schlafe wieder ein. Im Schlaf steht mir alles offen. Wenn ich aber aufstehe, gibt es nur noch: anziehen, in die Küche gehen, frühstücken, zur Arbeit fahren. Ich quäle mich aus dem Halbschlaf und denke, es muss doch auch im Wachzustand noch andere Möglichkeiten geben! Ich muss etwas ändern. Erst einen Termin beim Geschäftsführer machen, mehr Geld vom Theater verlangen und dann in der Kneipe kündigen? Nein, andersrum. Unbedingt andersrum. Erst in der Kneipe kündigen, dann zum Geschäftsführer. Ohne Termin.

Ich rufe Tom an. «Tom, ich hör auf … Nee, ab sofort … Musst du jemand anders einteilen für Samstag … Ja, stell Karls Schwester ein.» Ich lege auf und denke, eigentlich ist es das Theater, aus dem ich rausmüsste. Ein paar meiner Probenfotos werden im nächsten Programmheft gedruckt, aber ich bin keine Fotografin. In meinem Vertrag steht *Ausstattungsassistentin*, und auch das bin ich irgendwie nicht.

Die Großstadtluft riecht nach kalten Abgasen. Der

Pförtner schiebt mir den Schlüssel zu, «Morgn». Ich gehe in die Tischlerei und finde die technische Zeichnung, die ich gestern Abend an die Werkstatttür geheftet hatte, zerknüllt im Papierkorb. Also hoch zum Technischen Leiter. Der weiß schon lange, dass Assistentinnen nicht ernst genommen werden. Der Chef der Bühnenarbeiter, ein bärtiger Gorilla, redet grundsätzlich nicht mit Assistentinnen, Anweisungen nimmt er zahm und dienstbeflissen nur vom Vorgesetzten entgegen.

Auf der Bühne sind hohe Leitern mit Sitzflächen aufgebaut worden.

«Werden die Sitze noch von unten weiß angestrichen?», frage ich den Gorilla auf der Hinterbühne. Er sieht mich nicht an, redet dann – gegen seinen Willen – doch mit mir.

«Hier wird überhaupt nüscht anjestrichen! Ick schick meine Leute da nich hoch, verjiss it! Da brauchste Sicherungsgurte. Dit kannste alleene machen!»

Ich nehme den Pinsel zwischen die Zähne, hänge den Farbeimer an meinen Gürtel, stecke in fünf Metern Höhe ein Bein zwischen die beiden obersten Sprossen, klemme den Fuß darunter fest und mache es alleine.

Als ich mittags mit meinem Teller am Bühnenarbeitertisch vorbei durch die Kantine gehe, höre ich den Gorilla sagen: «Die denkt, wir ham nüscht zu tun hier.»

Ich bleibe stehen.

«Mich da oben zur Sau zu machen, dit macht dir Spaß, wa!»

Er grinst: «Dit macht mir doch keen Spaß, eene zur Sau zu machen, die keene Titten hat!» Die Bühnenarbeiter prusten. Ich stelle meinen Teller auf seinem Tisch ab.

«Wenn ick Titten hätte, dann würdest du janich mit mir reden. Dit würdest du dich nämlich nich trauen. Wenn du mal so 'n Held wärst, wie du tust, dann hättst du mir wenigstens einen von den Sicherungsgurten geben können, die in euren Schränken hängen!»

Nachmittags ist Beleuchtungsprobe. Alle Assistenten müssen als Statisten auf die Bühne. Die Technik versagt immer wieder, und die Stimmung ist angespannt. Ich stehe in meinem Scheinwerferspot und denke an den Bildhauer.

«Jette, geh mal 'n Stück nach links», ruft der Regisseur, den ich durch das diffuse Licht im Zuschauerraum nicht erkennen kann. «Stück nach vorne. Dreh dich mal zu Seite. Jetzt zieh mal bitte deine Bluse aus!» Ich halte meinen Mittelfinger Richtung Saal, und die Anspannung löst sich immerhin ein wenig.

Am nächsten Morgen liegt meine Zeichnung nicht im Papierkorb. Als ich mich ein paar Tage später auf dem Hof im Vorbeigehen für die alte Messingklinke einer ausrangierten Tür interessiere, pfeift der Gorilla auf zwei Fingern nach einem Bühnenarbeiter und zeigt darauf: «Schraub ihr mal die Klinke ab!»

Vom Turmzimmer aus führt eine Eisentreppe runter in den zweiten Rang. Ich gehe durch den stillen Gang mit dem roten Teppich und bleibe stehen vor einem der riesigen Kristallspiegel mit vergoldeten Rahmen. Ich lehne mich ans Treppengeländer und fotografiere mich selbst im rissigen Spiegel. Es könnte eine Karte werden an den Bildhauer. Eine hatte ich ihm im Herbst geschickt. Es war das einzige Foto vom Mühlhaus, von weitem aufgenommen mit spiegelnden Bäumen im Dorfteich. *Viele Grüße von Jette,* hatte ich draufgeschrieben. Ich habe mich daran gewöhnt, ständig an ihn zu denken. Es stört mich nicht mehr.

Im Theater gibt es viele ungenutzte Zimmer, in denen man sich tagsüber unbemerkt treffen kann. Wenn aber der Regisseur ausgerufen wird und kurz darauf ich, weil man mich auch sucht, dann wissen, trotz der guten Verstecke, doch alle Bescheid. Er hat den Generalschlüssel, und wir treffen uns in einem Zimmer im ersten Rang. Ihm gefallen meine kleinen Brüste, und mir gefällt es, dass er mich ausgesucht hat aus den vielen Assistentinnen, die alle mitgekommen wären in dieses Zimmer mit ihm.

Wenn wir danach durch verschiedene Türen zur selben Besprechung gehen, er ins Foyer, ich ins Treppenhaus, dann sitzen wir uns Minuten später wieder gegenüber, zwischen uns das gesamte hierarchische Gefüge, ich ganz unten, er ganz oben. Alles hört dem zu, der vorne redet und dessen Schwanz ich eben noch zwischen den Zähnen hatte.

Aber heute gehe ich nicht zur Besprechung, sondern quer über den Hof zum Aufenthaltsraum des Fahrers.

«Wir müssen den Bus nehmen. Wir holen einen Schiedsrichterhochsitz. Ich geh noch mal kurz rüber zum Zauberer», sage ich und mache die Tür wieder zu.

«Ja, das seh ich ein», sagt der Geschäftsführer, als ich ihm erkläre, dass ich hier nicht mehr arbeiten kann, wenn ich nachts kellnern muss.

Auf dem Weg zum Tennisplatz fragt der Fahrer. «Und? Was hat der Zauberer gesagt?»

«Er gibt mir einen neuen Vertrag», sage ich und denke, dass ich mich darüber eigentlich freuen müsste.

«Theater produziert entweder Euphorie oder Depression», sagt Peter, der Regieassistent. «Alles dazwischen ist kein Theater.»

Ich sage, dass mir in letzter Zeit fast jeder Tag verschwendet vorkommt. Dass ich kaum mehr finden kann, wonach ich gesucht habe vor Jahren. Das werde ich irgendwann vor mir selbst zugeben müssen. Aber noch schiebe ich die Einsicht vor mir her, wie ich mein Fahrrad Tag für Tag am Pförtner vorbei in den Hof schiebe. Ich kette es vor der Kantine am Geländer an, so wie mein neuer Vertrag mich hier ankettet. Peter guckt über seinen Brillenrand und sagt ernst: «Arbeiten und nicht verzweifeln.»

Als ich später Figurinen aussteche im Arbeitszimmer, um sie im Maßstab 1:25 ins Bühnenbildmodell zu stellen, ruft Nele an. In letzter Zeit ruft sie oft an, nachmittags, wenn sie im Auto sitzt und zur Vorstellung fährt. Sie erzählt aus ihrem Theater dieselben Geschichten wie ich aus meinem. Wir sprechen nicht über ihn, den Vater ihrer Kinder, den Mann in ihrer Nähe, und trotzdem ist er immer anwesend. Ich sehe Nele vor mir, rauchend im Auto, sehe die märkische Landschaft vorbeiziehen, und irgendwie kommt es mir vor, als würde er unsere Gespräche abhören. Wir reden wieder miteinander wie damals in unserer Wohnung, als wir uns aus unseren Betten noch durch die geöffneten Zimmertüren unterhielten, bis die Erste von uns beiden eingeschlafen war und nicht mehr antwortete. Es war immer Nele.

AUSGEZOGEN

Wir hatten uns vorgenommen, so nah wie möglich bei der Wahrheit zu bleiben: «Klar, wir wissen, dass es strafbar ist, Wohnungen zu besetzen. Bloß: Was sollten wir denn machen, wir mussten einfach raus zu Hause.» Das wollten wir sagen und dann ein paar halbwahre Geschichten über die unzumutbaren Zustände in unseren Elternhäusern auftischen. Frau Nebel vom Jugendamt sollte um zwei kommen. Wir hatten geübt, vorher am Küchentisch. Unsere Rollen waren klar verteilt. Nele, die Jüngste, wollte die Schlampe spielen, von Abtreibungen erzählen und ich, schüchtern, von meiner tablettenabhängigen Mutter, die nie zu Hause sei. Tinka, mit fast achtzehn die Älteste, sollte heulend von ihrem saufenden Vater berichten. Von allem stimmte etwas. Nele hatte mal eine Abtreibung gehabt, Tinkas Vater seinen Alkoholkonsum relativ gut im Griff, und meine Mutter hatte ihre Tablettenabhängigkeit überwunden, noch bevor meine Schwester und ich etwas davon merken konnten.

Frau Nebel war eine kleine magere Frau mit ernstem, aber gutmütigem Gesicht. Wir würden guten Willen zeigen. Seit der Besetzung vor drei Monaten hatten wir eine geschätzte Miete an die Hausverwaltung überwiesen. Der Plan war, Frau Nebel davon zu überzeugen, dass wir hilfsbedürftig waren.

«Das ist aber eine hübsche Mädchenwohnung. Und so schön hell», sagte Frau Nebel. Ein einziger Blick in unsere Zimmer hatte verraten, dass wir nicht aus verwahrlosten Elternhäusern kamen. Tinkas Zimmer war sonnendurchflutet, mit Kirschblüten vorm Fenster, einer Matratze auf dem Fußboden, abgeschliffenen Dielen und einem Schreibtisch mit ihren Zeichnungen und Aquarellbildern. In Neles Zimmer war alles weiß: die Dielen, die Korbstühle, das Bett und der Schrank. Obwohl sie alles Dekorative versteckt hatte und ein paar Sachen in gespielter Unordnung herumlagen, machte es einen wohlerzogenen Eindruck. Dafür war Nele seit Frau Nebels Eintreffen im Klo verschwunden.

Mein eigenes Zimmer ging zum Hof. Es war mit Teppichen ausgelegt, die ich bei meiner Oma im Keller gefunden hatte. Darauf standen antike, leicht demolierte Kommoden und Überseetruhen von meinem Urgroßvater, ein metallenes Ferienlagerbett und der riesige, knarrende Spiegelschrank von Neles Mutter.

«Ihr habt ja schon richtig viele Möbel.» Frau Nebel sah mich prüfend an, und ihr unscheinbares Mausgesicht ließ einen Charakter durchscheinen, der fester zu sein schien, als ich erwartet hatte. Ich kam mir schlecht vor bei dem Gedanken an das Theater, das wir ihr gleich vorspielen wollten.

Wir setzten uns an den Küchentisch, an dem wir unsere Rollen geübt hatten. Tinka kochte Tee. Dass uns die Wohnungsverwaltung nicht die Polizei, sondern das Jugendamt geschickt habe, sei ja schon mal ein gutes Zeichen, sagte Frau Nebel, und da wusste ich, dass unsere Vorstellung überflüssig sein würde. Aber es war zu spät: Nele stand in der Küchentür, kostümiert für ihren Auftritt in meinem roten Stretchminikleid, einer zerrissenen Feinstrumpfhose, Tinkas High Heels und allem Schmuck, den sie im Bad hatte finden können.

«Wenn wir hier wieder rausmüssen, dann schlaf ick uff der Straße!», sagte sie kaugummikauend und fläzte sich an den Küchentisch.

Frau Nebel wollte wissen, wie und warum wir die Wohnung besetzt hatten. Nele und ich hatten vorher eine Straße weiter gewohnt. Tinka bei ihrem Vater im Gartenhaus gegenüber. Nele hatte die leere Wohnung entdeckt, Tinka brachte ein Brecheisen mit, und ich fragte die Nachbarn nach der Kontonummer der Hausverwaltung. Dann zogen wir ein.

Tinka und ich hatten den Moment verpasst, noch in unsere Rollen einzusteigen. Ich sagte, wie es war: dass ich schon vor einem Jahr ausgezogen sei, auf den Dachboden, wo ich aber im Winter nicht bleiben konnte. Frau Nebel nickte verständnisvoll und erwartete keine Geschichten von drogenabhängigen Müttern. Tinka erklärte ihr, dass sie mit der neuen Frau ihres Vaters nicht auskomme, und Frau Nebel war auch damit zufrieden. Nur Nele war in ihrer Rolle und wollte nicht mehr raus. Sie hatte die beste Mutter, an der war nichts auszusetzen. Zu ihr gingen Tinka und ich mit den Problemen, die wir zu Hause hatten.

«Also, ick hab schon lang nich mehr zu Hause jepennt. Ick schlafe bei Kumpels, da hab ick meine Leute, na ja, seit drei Monaten bin ick hier und außerdem –» Nele hatte womöglich gerade mit den Abtreibungen anfangen wollen, als jemand gegen die Tür trat. Tinka machte auf.

«’tschuljung, kann ich meine Tür ’ne Weile bei euch stehenlassen?» Jonas stand im Flur mit einem halbrunden roten Blechstück auf den Schultern. Es war die Tür einer begehbaren Coladose. Jonas war schizophren, und als er das noch nicht war, hatte er was mit Tinka. Es war anstrengend: Er kam ständig zu uns, blieb zwar nie lange, musste aber trotzdem manchmal rausgeschmissen werden. Keiner wusste, wo er schlief und wovon er lebte. Mir kam das unaushaltbar vor, zu sein wie er. Zu leben in seinem Wahn.

«Stell die Tür in mein Zimmer und dann geh bitte wieder, Jonas», sagte Nele und war mit dem fürsorglichen Tonfall komplett aus ihrer Rolle gefallen. Das schien ihr schlagartig bewusst zu werden. Sie verstummte und wickelte ihren Kaugummi um den Finger. Jonas stand mit hochgezogenen Schultern und in den Hosentaschen vergrabenen Händen in der Küchentür und wollte noch eine Stulle haben.

Nele stöhnte leise, klappte krachend den Brotkasten auf und machte ihm eine. Es war eine der kleinen Pausen, in denen Jonas ziemlich normal war. Dass er in seinem Irrsinn überleben konnte, lag vermutlich an diesen Pausen, dachte ich.

Frau Nebel schlug mit der flachen Hand auf den Tisch und erklärte, dass sie nächste Woche mit Tinka zur Hausverwaltung ginge. «Dann sehen wir mal, ob ich was für euch tun kann.» Wir schoben erst Jonas zur Tür raus und verabschiedeten dann Frau Nebel.

An Tinkas Geburtstag bekamen wir den Mietvertrag, von den Nachbarn eine kleine Katze und Besuch von unseren Müttern und Tinkas Vater. Es gab Kuchen und Kaffee. Am selben Abend saß ich auf dem Garagendach, auf das ich durch mein Fenster klettern konnte. Ich sah rüber zu dem Haus, in dem ich geboren worden war, in dem meine Mutter und meine Schwester jetzt ohne mich am Küchentisch saßen beim Abendbrot, und fand das zum ersten Mal traurig.

DER ZWEITE AUFTRAG

Der Galerist ruft an. Ob ich es noch mal versuchen will
mit den Atelierfotos. Er muss Samstag Richtung Ostsee,
Sonntag zurück. Könnte mich bei ihm absetzen und auf
dem Rückweg wieder mitnehmen.

Bei dem Gedanken, ihn wiederzusehen, reagiert mein
Körper mit unkontrollierbarem Glücksgefühl. Ich wehre
mich. Ich will es nicht wiederholen. Nicht so wie beim
ersten Mal.

Muss ich ja nicht, denke ich. Ich werde bei Nele bleiben. Während ich im Handy ihren Namen suche, wird
mir bewusst, was ich da mache. Ich schleiche mich von
der Seite an, weil ich mich fürchte vor ihm und zugleich
fasziniert bin. Nele sagt: «Ja, klar, komm her! Er ist nicht
da, aber der Schlüssel vom Atelier hängt in der Küche.»
Ich weiß nicht, ob ich enttäuscht oder erleichtert bin – auf
jeden Fall muss ich jetzt hin.

Das Auto ist bis zum Dach vollgestopft mit Kunst, nur
ein Viertel der Rückbank bleibt für mich. Beim Blick aus
dem Fenster fällt mir wieder ein, dass ich mir als Kind
beim Autofahren vorgestellt habe, ich würde nebenher-
rennen, mit riesigen Sprüngen, leichtfüßig von einem

Telefonmast zum nächsten, oder in rasender Geschwindigkeit über die Felder, mich über die Baumwipfel schwingen und manchmal ein Stück fliegen.

«Willstn hörn, Jazz, Soul, Punk, Klassik?» Ich schlafe ein mit Brahms, den Kopf an eine Holzplastik gelehnt.

Das Haus sieht im Abendlicht aus, als ob es schläft, und ich sehe ihm an, dass er nicht da ist. Der Galerist geht rüber zum Atelier, legt die Hand zwischen Stirn und Scheibe: «Ich brauch Bilder, dass man ein Gefühl kriegt von dem Geist hier. Bisschen was Verwunschenes.» Er spricht viel zu laut. «Verstehste? Kriegste schon hin. Bis morgen. Und grüß Nele.» Wieder haut er mir zu doll und zu kumpelhaft gegen die Schulter.

Als das Auto weg ist, wird es still und einsam um mich. Es kommt mir vor, als würde sich dieser Abend nahtlos anschließen an meinen letzten Besuch. Ich will noch einen Moment alleine und unentdeckt bleiben, bevor ich ins Haus gehe. Beim Pinkeln im Gebüsch fließt das Wasser aus mir durch die trockenen Blätter, sucht sich seinen Weg im Laub, ordnet sich ein in den Kreislauf von Leben und Sterben. Ich denke, auch wenn ich nicht weiß, was ich anfange mit meinem Leben, weiß mein Leben doch, was es mit mir anfängt.

Neles Tochter ist aus dem Haus gekommen, in Unterhemd und Gummistiefeln. Sie trägt eine Schüssel zum Kompost. Diesmal scheint sie sich zu freuen über meinen Besuch, sie lacht und stutzt: «Äh, hallo, wie heißt du noch mal ... Jette?» Sie stellt die Schüssel hin und rennt rein, um meine Ankunft zu verkünden.

In der Küche bekomme ich den letzten Rest Grießbrei mit Apfelmus, und ein Geruch von Kindheit liegt im Raum. Als Nele die Kinder ins Bett bringt, steht Jessi in der Küchentür. «Wollt mal sehen, wer gekommen ist», sagt sie scheu und hält mir zögernd die Hand hin. Ihr Wesen wirkt zaghaft, aber ihr Händedruck ist stärker, als ihre weichen, schmalen Finger erwarten lassen.

Ich erzähle von den verlorengegangenen Fotos und habe kurz das Gefühl, reden zu müssen, um ihr die Unsicherheit zu nehmen. Aber es ist gar keine Unsicherheit, da ist eine Festigkeit in ihrem Blick, eine Selbstverständlichkeit in ihren Bewegungen – die Unsicherheit ist nicht in ihr, sondern in mir. Jessi kocht Tee, und wir setzen uns mit Tassen, Wolldecken und Kerzen auf die Terrasse. Nele fällt stöhnend in den Korbstuhl, zündet sich eine Zigarette an.

«Das Leben könnte so schön langweilig sein ohne Kinder.»

«Heut ist der Alte gestorben. Sein Sohn hat gerade angerufen», sagt Jessi.

«Opa Rudi? Oh, nee!»

Jessi steht auf.

«Ich hol mal den Eierlikör. Hab ich vorhin noch für ihn gekauft. Trinken wir wenigstens auf ihn.»

Während sie weg ist, erzählt Nele, dass Jessi sich seit ein paar Monaten um einen alten Mann im Dorf gekümmert hat. «Alle waren froh, dass sie endlich was macht.» Nele sieht in den dunkelblauen Himmel und bläst den Rauch in die Nacht. «Jetzt hat sie wieder nichts zu tun hier draußen.»

Jessi erscheint im Durchgang zwischen den Sträuchern, nimmt noch im Stehen einen Schluck von dem gelben Brei. «Auf Opa Rudi!» Sie hält Nele die Flasche hin. «Der hat auch immer aus der Flasche getrunken.»

Die beiden Frauen fangen an, mich auszufragen übers Theater, über Affären und darüber, was ich so vorhabe. Wir haben den größten Teil des klebrigen Flascheninhalts ausgetrunken, als Nele feststellt, dass ihr schlecht ist. Jessi hat ihren Stuhl gegen Neles geschoben und den Kopf in ihren Schoß gelegt. Wie einem Kind streicht Nele Jessi durchs Haar.

«Gestern hat er beim Essen noch die Geschichte von der Bombe erzählt», sagt Jessi träge. «*Mensch, Jessi, die wollten uns umbringen.* Der war immer noch ganz fassungslos. *Konnten die gut zielen!* Ich hab gesagt: *Klar, die wollten euch umbringen, Rudi. Was hast du denn gedacht? Das hat der erst siebzig Jahre später kapiert.*»

Wenn einen mal jemand umbringen wollte, fällt es vielleicht leichter, Respekt zu haben vor dem Leben, denke ich. Wie soll man ein Leben zu schätzen wissen, das nie in Gefahr gewesen ist?

«Ich hab heut den Tierarzt getroffen beim Rentner-Rewe», sagt Nele. «Ich steh in der Schlange, und plötzlich flüstert einer: *Aaa, Nele kauft Zucchini. Da scheint wohl jemand nicht zu Hause zu sein heute Abend.* Ich versteh gar nicht mehr, wie ich mich mit dem mal abgeben konnte.» Nele nimmt noch einen Schluck aus der Flasche, knallt sie auf den Tisch. «Scheiße, ist mir schlecht. Davon wär ich an Rudis Stelle jetzt auch hinüber.»

Jessi hat die Augen geschlossen. Nele betrachtet den

Kopf in ihrem Schoß. «Hast dem Opa bestimmt zu viel Schnaps gegeben.»

«Hab ich gar nicht», brummt Jessi schläfrig. «Ich hab ihm Bratkartoffeln gegeben und Pudding zum Nachtisch. Und dann hat er die Bratkartoffeln aufgespießt und in den Blaubeerpudding getunkt.» Jessi lacht.

«Ach, gib's zu, ihr habt jeden Tag heimlich 'ne Flasche ausgelöffelt», sagt Nele.

«Dich pfleg ich bestimmt nicht, wenn du mal nicht mehr klarkommst», knurrt Jessi.

«Schön, dass ihr euch so liebhabt!», sage ich.

«Ham wir uns lieb, Jessi?» Jessi nickt genüsslich mit geschlossenen Augen. «Ja, wir ham uns lieb», sagt Nele und streichelt Jessi mit den Fingerspitzen über Wange, Hals und Schulter.

«Dass du immer so ein Pech hast», sagt sie.

«Hab ich doch gar nicht. Ist zum Beispiel total schön hier in deinem Schoß.» Nele legt ihre Hand auf die Lehne. «Nee, mach mal weiter!», bettelt Jessi, tastet nach Neles Hand und steckt sie sich in den Ausschnitt.

Mir bleibt nur der klebrige Flaschenhals, nach dem ich greife. Ich beschließe, so lange in den Himmel zu sehen, bis eine Sternschnuppe vorbeifliegt. Ich bilde mir ein, dass ich meinen Wunsch erst wissen werde, wenn ich eine sehe. Jessi scheint endgültig eingeschlafen zu sein.

«Schade, dass wir beide keine Lesben sind», sagt Nele. «Dann wär alles viel einfacher.» Sie legt den Kopf auf die Lehne. «Na ja. Vielleicht auch nicht.» Sie macht den Hundeblick: «Im Theater gibt es eine Neue, ganz süß, frisch von der Schauspielschule. Die Männer haben schon Wetten abgeschlossen, aber die interessiert sich für keinen, die hängt nur an meinen Lippen. In ihrer Nähe komm ich mir selber vor wie ein Mann. Schwer, sich da zurückzuhalten.»

Als ich lachend den Kopf schüttle, sagt sie: «Kann ich doch nichts dafür.» Sie hält die Handflächen hoch. «Ich werde gern von Männern angefasst. Aber bei Frauen ist es eben so, dass ich sie gern anfassen will.»

Bevor ich in den Himmel zeigen und «Da!» sagen kann, ist die Sternschnuppe schon verglüht. Ich will auch eine Frau anfassen, denke ich und bin froh, dass mein Wunsch nichts mit dem Bildhauer zu tun hat.

Neles Handy klingelt, und in ihrem Blick, der streng ist, glaube ich seinen Namen auf ihrem Display lesen zu können. Den Ellenbogen auf den Tisch gestützt, den Kopf in der Hand, sagt sie: «Jaaa», und hört zu. Dabei dreht sie eine von Jessis Haarsträhnen zwischen den Fingern. «Und deswegen rufst du an?», fragt sie nach einer Weile. Sie sieht zu mir mit abfälliger Belustigung, wedelt mit der Hand, hält den Hörer weg, stöhnt, drückt ihn wieder ans Ohr. «Doch, doch, ich hör dir zu … Galerie Silberberg, Einzelausstellung, alles verstanden.» Sie nickt gelangweilt und sagt dann: «Opa Rudi is übrigens tot … Ja, scheiße, ich weiß … Okay, bis dann. Ja, gute Nacht.»

Als sie aufgelegt hat, sagt sie: «Der hat 'ne Freundin in Berlin. Der ruft sonst nicht einfach so an, gut gelaunt, und erzählt mir von irgendwelchen Galeristen und Kunstsammlern. Ich hör das an seiner Stimme. Wäre viel einfacher, wenn er's mir erzählen würde.»

«Würdest du das aushalten?», frage ich, und Nele verdreht die Augen.

«Ich hab schon viel mehr ausgehalten. Außerdem kann er machen, was er will.» Das hat fast trotzig geklungen.

«Weißt du, dass du heute Abend schon zum dritten Mal überlegst, wie dein Leben einfacher sein könnte: ohne Kinder, ohne Männer und ohne Geheimnisse?», sage ich und versuche, nicht belehrend zu klingen. Nele lächelt und steht auf.

«Irgendwann werd ich noch in Ruhe spießig werden. Aber jetzt geh ich erst mal ins Bett. Ich muss um sechs raus.»

Sie weckt Jessi, wir räumen die Tassen rein und die leere Likörflasche. Der Gedanke, dass er jetzt in Berlin bei einer Freundin ist, lässt mich in Selbstmitleid versinken.

Als ich aufwache, ist das Haus leer. Auf dem Küchentisch liegt ein Zettel: *Atelierschlüssel hängt drüben in der Küche neben der Tür. Bin mittags wieder da, hoffe, wir sehn uns noch. Nele.* Darunter ein Lippenstiftkuss.

Auf seiner Terrasse streicht die rote Katze um meine Beine. In seiner Küche riecht es nach Holz und Stein – Kalk. Jedenfalls eher mineralisch als menschlich. In der dumpfen Stille fürchte ich fast, über Nacht taub geworden zu sein. Ich gehe auf seine Schlafzimmertür zu. Das Geräusch meiner eigenen Schritte auf den roten Fliesen beruhigt mich ein bisschen. Die Tür steht offen, wie immer. Sein Bett ist zerwühlt, als hätte er gerade noch darin gelegen. Im goldgerahmten Spiegel an der Wand sehe ich mich im Türrahmen stehen, mit einem Blick, als glaubte ich, in seinem Bett die Frau zu finden, bei der er jetzt liegt, in der Stadt, aus der ich hergekommen bin.

Plötzlich komme ich mir beobachtet vor. War da ein

Geräusch? Schnell drehe ich mich um, reiße den Atelierschlüssel vom Haken und schlage die Tür hinter mir zu.

Die Plastiken begrüßen mich wie Freundinnen, trotzdem habe ich das Gefühl, in einer fremden Wohnung fremde Tiere zu füttern, fremde Pflanzen zu gießen und eigentlich nichts berühren zu dürfen. Ich stelle mich in die Mitte des Raumes und überlege, wo hier der Geist einzufangen sein könnte. Immer wieder sehe ich durch die Kamera, ohne auszulösen.

«Wenn du kein Bild siehst, brauchst du auch nicht durch den Sucher zu gucken», hat mein Lehrer oft gesagt. Als ich das erste Bild gefunden habe, ist es nur ein gipsbekleckerter Sockel und ein nasser Fleck, der eine Kurve Richtung Abfluss auf den rissigen Steinfußboden gezeichnet hat. Ich fotografiere weiter, ohne daran zu denken, was zu sehen sein sollte für meinen Auftrag. Ich fühle mich langsam vertraut mit dem Raum und fange an, Dinge aus dem Bild zu räumen oder hineinzustellen. Die Motive drängen sich mir auf.

Plötzlich steht der Galerist in der Tür. Ich hatte ihn nicht heranfahren hören. In Berlin setzt er mich vor dem Fotolabor ab, und als ich den letzten Film aus der Kamera nehme, fällt mir die Makrolinse auf, die ich vor ein paar Tagen probehalber auf das Objektiv der Sucherkamera geschraubt hatte. Meine Ohren fangen an zu rauschen, wie immer, wenn mir klar wird, dass ich etwas versaut habe.

WESPENSOMMER

Draußen ist es schon dunkel, und ich habe noch vierzig Miniaturstühle für ein Bühnenbildmodell zu bauen. Der kleine Lautsprecherkasten über der Tür knarzt: *Die Vorstellung hat begonnen, die Vorstellung hat begonnen.* Ich nehme die schmale Stahltreppe, gehe durch den Flur, an den großen Spiegeln vorbei, und öffne mit dem Vierkantschlüssel die Tür zum zweiten Rang.

Alle Sitze leer. Nur das Parkett ist voll besetzt. Das Stück kenne ich. In der letzten Reihe lehne ich mich zurück, bis ich nur noch den riesenhaften Kronleuchter sehen kann mit Tausenden geschliffenen Tropfen, die in der Dunkelheit über den Köpfen hängen. Als ich das erste Mal in diesem Saal war, hatte Magdas Vater ein Kinderstück inszeniert. Der riesige Kronleuchter beeindruckte mich damals mehr als das Stück selbst.

Ich erinnere mich an einen fernen Nachmittag bei Magda. Wir langweilten uns in der riesigen elternfreien Wohnung. In der Küche saß die Putzfrau und aß Bockwurst mit Senf. Ihr Haar war hochgesteckt, weißblond, sie hatte lange Fingernägel, trug einen kurzen rosa Kittel über einer schwarzen Feinstrumpfhose mit Laufmaschen.

Wie sie die dicke Bockwurst mit ihren rosa Fingernägeln in den rosa geschminkten Mund schob, kam mir schon als ahnungsloser Dreizehnjähriger obszön vor.

«Mensch, wissta, Kinda, wat mir letzte Woche passiert is?», fing sie an. «Dit globt ma keena. Komm ick nach Hause, hängt da meen Oller! Denk ick, nee, wat hängtn da jetz meen Oller? Hab ick anjerufn, dat die den da wegmachen!» Damit verstummte sie und starrte auf ihre Bockwurst.

«Wie alt seid ihr beede? Dreizehn? Mensch, meene Jüngste och! Haick die letztens inne Wanne jesehn, hat die paar Titten, dacht ick, ach du Scheiße!» Sie lachte tief und verraucht, mit fiependen, rasselnden Nebengeräuschen. Ihr eingezwängter Busen wippte.

Als wir uns mit den Saftgläsern rausschlichen, flüsterte Magda, dass ihr Mann sich aufgehängt habe, sei schon ein paar Jahre her. Sie habe auch eine seltsame Art sauberzumachen. Am liebsten laufe sie mit dem Staubwedel herum und putze nur in Augenhöhe. «Manchmal», sagte Magda, «sitzt sie im Arbeitszimmer hinter der geschlossenen Tür neben dem laufenden Staubsauger und liest.»

Magdas Eltern und der Großvater waren zurückgekommen, und der Alte winkte uns aus dem Wohnzimmer zu: «Na, ihr schwanzlosen Jesellen!» Magda warf die Flügeltür mit der riesigen Messingklinke zu. Ich dachte, der Opa müsse sich gut mit der Putzfrau verstehen, aber das war ein Irrtum. Die Putzfrau war hinter uns hergekommen, sie schloss die Tür und brummte: «Hat mir zu viel Enerjie, der Alte.» Erst wedelte sie den Staub auf in Magdas Bücherregal, danach beschäftigte sie sich lange und versonnen mit dem Putzen der Glastierchen. Ich lag auf dem Fußboden und blätterte in der *Bravo*.

Magdas Mutter war die schönste Frau, die ich kannte. Sie hatte das Königinnengesicht eines Renaissancegemäldes. Ihr langes schwarzes Haar war im Nacken zu einem Knoten gebunden, und ihr Gesicht war so ebenmäßig und elegant, dass nur das altertümliche Wort *anmutig* darauf zu passen schien. Sie streckte den zarten Arm mit den silbergeschmückten Fingern aus in Richtung Putzfrau: «Komm, Helga, ich fahr dich nach Hause.»

Später holte sie uns zu Kaffee und Kuchen in die Küche. Der Vater stand im Mantel im Flur und verabschiedete sich.

«Wo gehstn hin?», fragte Magda.

«Ich muss ins Theater, aber ich hol euch morgen ab, dann fahren wir raus zum See. Ich schlaf heut bei Ingrid.»

«Bei ihr oder mit ihr?», fragte Magda schnippisch. Der Vater sah sie fassungslos an und hörte für zwei Sekunden auf, seinen Kragen zu sortieren.

«Magda, also hör mal!», schimpfte die Mutter, mehr belustigt als ärgerlich. Beim Kuchen seufzte sie: «Ich wär gern noch mal so jung wie ihr. Erzählt mir doch, was ihr so macht. Euer Leben ist noch so schön. Geht ihr tanzen? Trefft ihr euch mit den Jungs?»

Magda antwortete nicht. Sie lehnte am Küchentisch und schien über irgendetwas nachzudenken. Eine Wespe umsurrte das Saftglas in ihrer Hand. Zwecklos und träge schlug sie nach der Wespe. Der Orangensaft schwappte ihr übers Handgelenk.

«Pass auf, Kind, du kleckerst!», rief die Mutter. Magda

sah ihr verächtlich in die Augen. Dann schüttete sie sich das volle Glas über die Schulter. Der gelbe Saft klatschte hinter ihr auf den Esstisch.

Ich werde aus meiner Erinnerung gerissen vom Flutlicht des funkelnden Kronleuchters vor mir. Das Publikum klappert mit Sitzen, Handtaschen, Absätzen und erhebt sich. Im Pausengedränge schlängle ich mich über den Hof, schiebe dem Pförtner den Schlüssel durch die Luke, um ihn am nächsten Morgen zurückgeschoben zu bekommen. Ich komme mir vor wie eine Maschine im Dauerbetrieb.

Seit meinem Besuch im Mühlhaus bin ich nicht mehr rausgekommen aus der Stadt. Aber heute fahre ich zum Lukowsee, weil ich zum Geburtstag von Magdas Großmutter immer am Lukowsee bin. Es ist jedes Jahr das letzte Zusammenkommen, bevor die Wochenendhäuser winterfest gemacht werden. Dass der Herbst schon fast alle Blätter gefressen hat, ist mir in der Stadt kaum aufgefallen.

Die Kinder sind hier draußen Allgemeingut, und wem sie sich anschließen, der muss sie hüten. Na gut, fahr ich eben mit den Kindern eine Runde und danach zu Leo, denke ich. Leo treffe ich nur hier und nur im Sommer. Die anderen sollen nicht wissen, dass ich vorsätzlich zu ihm fahre. Ihm zufällig zu begegnen, ist in Ordnung, aber ganz allein zu ihm – das ist irgendwie nicht üblich.

Wir kurven auf den Sandwegen um das Spargelfeld herum, die Allee mit den Mirabellenbäumen entlang und am Strandbad vorbei, wo vor ein paar Wochen noch die Hölle los war. Ein Geheimtipp ist das Bad am Lukowsee schon lange nicht mehr. Aber heute steht kein Auto auf dem riesigen Parkplatz, und kein Mensch ist am Wasser.

«Leos Auto ist da!», brüllen die Kinder, als wir um die Ecke biegen. Also doch mit den Kindern zu Leo.

Am Tor reiße ich ein Büschel Gras aus und fege damit den Sand von der Stufe. «Was machst du?»

Ich zeige den Kindern meinen kleinen Fußabdruck, der wie ein Fossil in den Zement geprägt ist.

«Da bin ich als Kind reingetreten. Leos Vater hatte die Stufe frisch gegossen, und ich kam mit Magda zu Besuch. Der Vater fragte gleich, ob wir in den Zement getreten sind, da haben wir nee gesagt, und Leo hat mir zugezwinkert. Er hatte den Abdruck mit Sand aufgefüllt, und der Vater hat's erst mal nicht gemerkt.»

Die Kinder rennen durchs Tor. Alles steht offen, wie immer, wenn Leo da ist. Überall Surfbretter und Segel. Angeln lehnen an den Bäumen, und auf der Tischtennisplatte türmen sich Werkzeuge. Die Kinder rennen ins Haus, und als ich hinterherkomme, rennen sie schon wieder raus. «Hier isser nich!»

Drinnen riecht es nach Holz, alten Polstern, nach sonnigem Herbst und nach Kindheit. Ich bleibe im Türrahmen stehen. Es ist derselbe Blick wie damals, als Leo am Wasserhahn in der Küche stand, um mir ein grünes Getränk zu mischen. Ich kannte bis dahin keinen Waldmeistersirup.

Leo hat einen schmalen Gang durch Farn und Gestrüpp geschlagen, sein eigentlicher Lebensraum ist unten am Wasser, auf dem Steg und an der Feuerstelle. Er baut an einem Partytresen aus Bambus mit Strohdach. Die Kinder haben eine neue Attraktion entdeckt: das Tretboot.

Wir begrüßen uns mit Wangenküssen. Für eine freundschaftliche Geste landet Leos Hand zu weit unten an meiner Hüfte. Ich finde es befremdlich, dass unsere körperliche Vertrautheit viel stärker zu sein scheint als die soziale. Wir wissen wenig über den Berliner Alltag des anderen, wissen nur, was wir hier in über zwanzig Sommern zusammen erlebt haben. Leo lebt von besonders komplizierten Fassadenreinigungen an Hochhäusern. Das ist seine Auskunft vom vorletzten Sommer. Wir sind uns in Berlin nie begegnet.

Seine Eltern haben Leo das Grundstück überlassen und sich am Stadtrand ein neues Haus gebaut. Jetzt ist es ein Männerparadies zwischen Erlen und Schilf. Im Wasser liegen drei Boote, die er aufgearbeitet hat. Das Segelboot ist sein Stolz, das Ruderboot meist irgendwo kaputt, und das Tretboot, auf dem jetzt die Kinder toben, hat er sich aus dem verlassenen Ferienlager gegenüber geholt, repariert und hellblau lackiert. Es gibt eine Feuerstelle, ein Muschelzelt, in dem schwarze und weiße Felle liegen. Und neuerdings gibt es diesen Partytresen.

Ich sitze auf einem Holzklotz und sehe ihm bei der Arbeit zu, wie ich ihm oft schon zugesehen habe. Es hat mich immer fasziniert, wenn sein großer Körper sich auf etwas ganz Kleines konzentrierte. Wenn seine muskulösen Arme eine winzige Schraube festzogen oder er irgendwo drunterlag, um eine Arbeit zu erledigen, für die ein Zwerg geeigneter schien als ein starker Mann.

Natürlich wollen die Kinder mit dem Tretboot fahren. Leo verspricht, uns die Räder später mit dem Pick-up vorbeizubringen. Da er Auto und Boot nicht gleichzeitig zurückfahren kann, sehe ich darin die Gelegenheit, später alleine wiederzukommen.

Wenn wir als Kinder ein Boot hatten, ein Surfbrett, ein selbstgebautes Floß oder wenn irgendein Besucher ein Faltboot mitgebracht hatte, dann war die Richtung, in die wir ruderten, immer klar: als Erstes zu Leo. Für Magda vom Nachbargrundstück, meine jüngere Schwester und mich war er die einzige Bekanntschaft. Magda sagte zwar: «Könn' wir nich mal woandershin als immer zu Babyleo!» Etwas Interessanteres gab es hier aber nicht.

Er war ein Jahr jünger als wir beide, und Magda fand ihn kindisch. Wir ließen ihn oft nicht mitspielen und waren gemein zu ihm, wie es nur Mädchen sein können. Mit Leo spielten meine Schwester und ich, wenn Magda nicht da war. Und vielleicht spielte Magda mit ihm, wenn wir nicht da waren.

Das Lukowseeufer ist von Privatstegen gesäumt. Die kleine Badestelle klemmt dazwischen. Nie haben wir hier jemanden im Badeanzug gesehen, es wäre uns komisch vorgekommen. Wir konnten uns gegenseitig beim Erwachsenwerden beobachten, kannten Leos Körper in jedem Stadium, so wie er unsere Körper kannte. Leo war unser Sommerbruder. Wir schämten uns nicht vor ihm, wenn er angesegelt kam. Er war eben Leo, und er war auch immer nackt.

Heute ist kein Segel mehr auf dem See, nur unser Tretboot und ein paar Enten. Es ist windstill und kühl. Die gelben Bäume am Ufer fangen an kahl zu werden, und der See spiegelt sie gläsern. Plötzlich lässt sich das Pedal nicht weiter treten. Ich sehe zum Schaufelrad: Es ist von einem Fischernetz umwickelt. Stehen kann ich hier noch nicht, das weiß ich. Hören würde uns wahrscheinlich auch keiner, die Häuser sind zu weit entfernt. Niemand außer Leo weiß, dass ich mit den Kindern auf dem Wasser bin, und es würde lange dauern, bis jemand uns vermisst. Ich ziehe die Jeans aus und tauche ein.

So kalt, wie ich gedacht habe, ist es nicht. Aber das Boot lässt sich schwer ziehen. Es kommt mir vor, als wäre das Netz über den ganzen See gespannt. Die Kinder können nicht stillsitzen. Ein Fisch mit weißem Bauch zappelt unter dem Boot. Endlich spüre ich weichen Schlamm unter meinen Füßen und kralle die Zehen hinein.

Am Steg stelle ich die Kinder aufs Festland. Eine verrostete Heckenschere liegt auf der Bank. Ich schneide das Schaufelrad frei, bis ich ein Stück Fischernetz mit einem riesigen Hecht in den Händen halte. «Freilassen oder essen?» Seltsamerweise sind alle drei Kinder für essen. Ich gebe ihnen das Netz, in dem der Fisch zappelt und schnappt. Das Boot schiebe ich ins Schilf.

Auf der Terrasse nur Frauen, wie immer. Magda ist auch dabei. Solange ihre Großmutter Mittagschlaf hält, versammelt man sich bei uns, damit die lärmenden Kinder sie nicht wecken.

Magda und ich hatten damals ein Spiel, es hieß: *Black Storys*. Einer beschrieb eine seltsame Situation, und der andere musste mit Ja-nein-Fragen herausfinden, was dazu geführt hatte. Ich lasse die anderen raten, woher wir den Hecht haben ohne Angel und wie wir über den See gekommen sind und warum ich nass bin und die Kinder trocken.

«Habt ihr den Hecht vom Fischer?», fragt Magda.

«Ja.»

«Hat er ihn euch geschenkt?»

«Nein.»

Aber die ungeduldigen Kinder schaffen es nicht lange, nur ja und nein zu sagen. Da ist die Geschichte schon erzählt.

Eine hochschwangere Cousine legt dem Fisch ein Handtuch auf den Kopf und schlägt mit einem Stein drauf. «Hat mir mein Mann beigebracht», sagt sie entschuldigend.

Den Hecht mit Reis und Mandarinen zu essen, schlagen Magda und ich gleichzeitig vor, und meine Mutter weiß, warum. Wir denken an ein Essen kurz nach meinem sechzehnten Geburtstag hier in der Nähe, an einem der vielen Seen. Das Restaurant war erst ein halbes Jahr zuvor wiedereröffnet worden. Leo hatte uns davon erzählt. Es lag am Bahnhof, nahe der Bundesstraße, gleich am Obersee, wo Bahnhof, Straße und Seeufer ein Dreieck bilden. Darauf stand das flache Holzgebäude mit den vielen Fenstern. Typisch brandenburgische Ausflugslokalarchitektur. Schon von weitem ahnte man Kunstblumengestecke auf den Tischen, Forelle *Müllerinnen-Art*, große Eisbecher mit bunten Schirmchen, Kaffee und Kuchen auf weißen Deckchen. Beim Näherkommen aber sahen wir, dass drinnen alle Stühle hochgestellt waren. Man saß draußen, auf der Wiese am Ufer, auf orangen Bierbänken, an orangen Biertischen.

Als ich durch das Restaurant zum Klo ging, sah ich, dass der Tresen, die hochgestellten Stühle und Tische mit Staub bedeckt waren. Koch und Kellner wirkten wie zwei übriggebliebene Dorftrottel. Der blonde Kellner grinste zahnlos und liebenswürdig, aber ein bisschen blöd über das grobschlächtige Gesicht. Er hatte riesige Hände, seine Hose war zu kurz, und das Hemd hing heraus.

Der Koch hockte in schwarz-weiß karierter Hose und Kochjacke auf dem Steg und angelte. Er sah aus wie ein Wolfskind, mit dem dunkel zerzausten Haar und den ängstlichen Augen eines wilden Tieres. Er schielte zu den Gästen hinüber, als fürchtete er, dass ihn gleich jemand fangen und fressen könnte. So wie er die Fische.

Eine Speisekarte gab es nicht, und die beiden redeten offenbar kaum miteinander. Der Kellner latschte behäbig zum Steg, sah in den Eimer und rief: «Hecht!» Wir nickten. Schnell und gebückt lief der Koch mit dem Fischeimer in seine Küche. Also Hecht – in welcher Form und womit angerichtet, fragte uns keiner, und wir nahmen an, dass es sowieso nicht viel Auswahl gäbe.

Wir bekamen das Bier aus Flaschen und den Hecht mit Reis und Mandarinen. «Göttlich!», sagte meine Mutter. Den Preis dachte der Kellner sich aus, als wir bezahlen wollten. Er grinste, und wir gaben ein bisschen mehr.

Nach zwei Wochen fanden wir das Lokal leer und verschlossen, als wäre es nie geöffnet gewesen. Wir fragten einen alten Fischer auf dem Steg. «Das ist doch schon seit vier Monaten zu.» Und darauf, dass wir vor zwei Wochen hier gegessen hätten, sagte er belustigt: «Kann schon sein, dass ihr hier gegessen habt. Den beiden Affen hat ja keiner was gesagt, als der Chef mit der Kasse abgehauen ist. Die sind weiter zur Arbeit, als wär nix, haben gekocht, was noch da war an Vorräten. Letzte Woche kam die Aufsicht und hat's dichtgemacht.» Der Angler gluckste kopfschüttelnd in sich hinein und sah auf seine Schnur.

Wir finden eine Dose Mandarinen in den Sommerhausvorräten, und es werden alle satt von dem großen Hecht, den wir versehentlich gefangen haben. Ich nicht. Ich habe noch Hunger. Ich kann heute keine Ruhe finden in der klaren Spätherbstidylle. Es ist ein Hunger, der nicht in meinem Magen sitzt. Er sitzt tiefer.

Nach dem Essen nehme ich vorsichtshalber die rostige Heckenschere – «Ich bring Leo sein Tretboot wieder» – und fahre im großen Bogen raus auf den See. Den Terrassengesprächen, Essenzubereitungen und Kinderumsorgungen entkommen zu sein, macht mich froh. Magda klebt an ihrer Familie, und ich habe eigentlich keine Lust auf Frauen und Kinder.

Schon von weitem kann ich Leo auf dem Steg stehen sehen. Wenn ich ihn nicht seit immer kennen würde, hätte ich ihn wohl nie kennengelernt. Wir haben keine gemeinsamen Interessen und bis auf die Liebe zu diesem brandenburgischen Gewässer kaum Gemeinsamkeiten.

Auf dem Wasser schwimmt bläulicher Rauch, es riecht bitterschwer nach Laubfeuer. Leo sieht aus wie ein Riese, der zu viel Kraft hat und nicht weiß, wohin damit. Im letzten Sommer hat er eine aus dem Nest gefallene Elster bei sich aufgenommen. Er zog sie auf, kümmerte sich mit seinen großen Pranken Tag und Nacht um das zarte Tier. Die Elster wurde groß, zutraulich und eines Nachts gefressen. Da lagen die Reste des armen Vogels morgens auf der Tischtennisplatte, und er buddelte ihm ein kleines Grab.

Leo hilft mir aus dem Boot, macht es fest. Ich erzähle vom Hecht und von dem Netz. «Stellnetz», sagt er, «So eine Tierquälerei. Gar nicht erlaubt hier. Kein Wunder, dass es bei den Seidelbachs liegt. Die sind die Einzigen, die sich verstehen mit dem Fischer. Die kriegen ihren Anteil und drücken beide Augen zu», sagt er verächtlich.

Er will mir etwas zu trinken anbieten, aber der Partytresen ist noch nicht in Betrieb. Im Haus findet sich nur eine alte Flasche Waldmeistersirup, und so stehen wir mit unseren grünen Getränken in der kleinen Küche, wie vor langem schon einmal. Ich frage ihn nach der Freundin vom vorletzten Sommer.

«Ach, die gibt es nicht mehr. Ich glaub, ich bin noch nicht so weit.»

Ich sage, dass meine Freunde deshalb immer zehn Jahre älter sind als ich. Das stimmt nicht, es ist Angeberei. Ich ertappe mich beim Gedanken an den Bildhauer, der mir immer noch nicht aus dem Kopf geht.

Als wir die Räder auf den Pick-up laden, fragt Leo, wer bei uns ist.

«Magda, ihre Mutter, die Cousinen aus Israel, meine Mutter, meine Schwester und die Kinder», sage ich und sehe ihm an, dass er keine Lust hat, mit reinzukommen. In den drei Familien, deren Seegrundstücke hier nebeneinanderliegen, hat es schon immer kaum Männer gegeben.

Leo und Hansi, der Gärtner, waren die Einzigen, die sich von dem Weiberhaufen nicht schrecken ließen.

«Kurz komm ich noch rein», sagt Leo mit leichtem Widerstreben, als wir die Räder abladen. Dass aus dem Leokind ein Mann geworden ist, wird hier ignoriert. Er bleibt der dreckige kleine Junge, der mit seinem Fahrrad auf die Terrasse gerast kam, gegen die hohe Kiefer krachte und grinsend wieder aufstand. Er konnte aufsteigen und losfahren, aber absteigen lernte er einfach nicht.

Magda begrüßt Leo nur mit einem kurzen «Hei». Sie hat gesehen, dass Leo ein Mann geworden ist, aber ihr zweiter Blick sagt, dass ihre Männer aus ganz anderem Material sein müssen. Magda will lieber Kopf als Körper.

Als die Mütter anfangen, ihn auszufragen über die Freundin, die nicht mehr seine Freundin ist, über seine Eltern, mit denen er gerade nicht viel zu tun hat, und seinen Job, an den er hier draußen nicht denken will, verabschiedet er sich. Magda ruft ihm spöttisch hinterher:

«Du kommst doch nachher bestimmt zu Omas Geburtstag, oder?»

Im Gegensatz zu damals versteht Leo jetzt, wenn er aufgezogen werden soll. Er lacht verlegen:

«Ich würde ja gerne, aber ich hab nicht so lange Ausgang. Mein Bewährungshelfer wartet …»

Als ich mich am Tor von ihm verabschiede, sieht er mir in die Augen: «Ich mach Feuer heute Abend, vielleicht kommst du?» Mich wundert, dass er nicht wie sonst alle zum Feuer einlädt. Leo macht immer Feuer, und er lädt immer alle ein. Wir haben ihn oft sitzenlassen.

Es ist warm geworden, und wir fangen an, im Nachbar-garten die Geburtstagstafel zu decken. Die Großmutter ist aufgewacht. Es ist ihr Achtzigster, und jetzt will sie fei-ern. In der Runde: zwei Töchter, fünf Enkeltöchter, zwei Urenkelinnen. Kein Mann, keine Jungs. Die Stimmung ist angespannt.

Die Geburtstagstafel steht unten am See. Hansi hat wie immer die schweren Arbeiten erledigt. Das macht er seit zwanzig Jahren. Er wohnt im Dorf bei seiner Mutter, kann weder lesen noch schreiben; sein Führerschein wurde ihm unter der Bedingung, dass er nur hier draußen fahren dürfe, unter der Tür durchgeschoben. Hansi ist Anfang vierzig, und um eins ruft täglich seine Mutter an, dass man ihm etwas zu essen machen möge. Mit den Zetteln, die ihm die alte Dame schreibt – *Pumpe ist kaputt, Wassertreppe am Steg wackelt, im Schuppen tropft es durchs Dach* –, kommt er manchmal zu uns rüber. «Weeß ick, wat se mir da wie-der uffjeschriebn hat!», sagt er dann lachend und wedelt mit dem Zettel. Er scheint der einzige Mann zu sein, der sich wohl fühlt zwischen all den Frauen.

Der Rasen reicht bis zum Wasser, wo die Pflaumen-bäume stehen, die alten Weiden und Eschen. In den schattigen Ecken: Korbstühle, kleine Tische mit weißen Decken und Blumen. Tücher, Kindersandalen und Bälle liegen herum. Beim Kaffeetrinken fallen immer wieder Pflaumen vom Baum in die Tassen, dann muss man krei-schen, lachen und sich umziehen.

Die Großmutter sieht und hört nicht mehr gut, sie sitzt an ihrer Tafel und macht ein verzweifeltes Gesicht. Alles muss wiederholt werden, auch wenn es noch so belanglos ist. Die Mutter stößt die Tochter von der Seite an und zischt: «Jetzt sprich doch mal ein bisschen lauter!» Die Tochter ist beleidigt, nimmt ihr Baby und setzt sich woandershin.

Salate, Pasteten und Kuchen werden verteilt, man lobt die Zutaten, die Gewürze. Kleine Sticheleien unter den Enkeltöchtern werden geschluckt. Der Cognac wird offiziell ausgeschenkt, obwohl er schon seit dem Vormittag getrunken wird und fast leer ist.

Ich sehe zu Magda hinüber und denke an eine Begegnung mit ihr und Leo. Er war mit dem Boot gekommen. Wir waren vierzehn, Leo dreizehn, und er hatte Zigaretten dabei. Magda wollte eine haben, und als er ihr Feuer gab, ließ sie die Zigarette «versehentlich» ins Wasser fallen. Ich spielte mit. Dasselbe wiederholten wir noch einmal, und als die dritte Zigarette im Wasser schwamm, hatte Leo eingesehen, dass wir ihn verarschten.

Das unerwartete Auftauchen eines Mannes wird von der alten Dame mit einem gurgelnden «Aaahhh!» begrüßt. Trotz ihres schlechten Sehvermögens hat sie ihn zuerst entdeckt. Und dass es nicht Hansi ist, hat sie offenbar auch erkennen können. Hansi hat O-Beine und einen Gang wie ein Affe. Auch den Blumenstrauß würde Hansi ganz anders halten. Außerdem hält er nichts von Blumen. Wenn er ein Kabel verlegen soll und es quer über die Hausfassade spannt, sagt die alte Dame fassungslos: «Mensch, Hansi, wie sieht denn das aus!» Das versteht Hansi nicht. «Is doch scheißejal, wie dit aussieht, Hauptsache funktioniert!»

Das dort ist eindeutig eine stolze männliche Silhouette,

eine dunkle Gestalt in eleganter Kleidung. Auch Leo kann es nicht sein. Die halbblinden Großmutteraugen beginnen erwartungsvoll zu leuchten. Ihre Sehkraft scheint sich vorübergehend hinwegzusetzen über die Altersschwäche. Alle haben sich umgedreht. Es ist der Bürgermeister! Die Großmutter muss sich beherrschen, um nicht zu quietschen vor Vergnügen. Dann folgen große Worte über die tiefe Verbundenheit und die vielen Generationen, die Kinder und Kindeskinder, welche sie als Urgroßmutter um sich geschart habe in einem erfüllten Leben, auf das sie stolz zurückblicken könne usw.

Sie ist gerührt. «Ein Stündchen können Sie doch bleiben, nicht wahr?», sagt sie flehend, mit Tränen in den faltigen Augenwinkeln, und er gesteht ihr eine halbe Stunde zu.

Endlich ist die Atmosphäre entspannt. Der Retter wird gestopft mit Kuchen, Kaffee, Pasteten und Komplimenten. Die Frauen hängen an seinen Lippen, sie lachen, zirpen, gurren und verstehen sich untereinander so gut wie nie. Magda sitzt mir gegenüber. Früher hätten wir uns stirnrunzelnde Blicke zugeworfen und uns vielleicht unter dem Tisch getroffen, um den Müttern Gänseblumen zwischen die lackierten Zehen zu stecken.

Das halbe Stündchen kann auf ein ganzes Stündchen verflirtet werden, und als der Bürgermeister, der Held der Damenwelt und der Frauenzimmer, den Rasen wieder hinaufsteigt, wirkt sein stolzer Gang leicht taumelnd. Aber auch die Frauen sind erschöpft von der erfolgreichen Bürgermeister-Umgarnung, als die vierjährige Urenkelin im weißen Kleid von einem Schoß auf den anderen zu klettern beginnt, um alle Dekolletés zu untersuchen. Sie zieht jeweils den Ausschnitt vor und guckt rein. «Du hast eine schöne Brust!», sagt sie und klettert weiter, «Du hast auch eine schöne Brust!» – und schiebt die Ärmchen tief in das Oberteil. Die Großmutter lacht, alle sind entzückt. Dann werfen die Mütter einander sorgenvolle Blicke zu. Was, wenn das Kind im Ausschnitt der Uroma den leer herunterhängenden Busen findet? Jeder kennt ihre Empfindlichkeiten. Sie ist einmal eine Schönheit gewesen, eine *femme fatale*. Noch immer trägt sie teuren Schmuck, wertvolle Tücher, ist dezent geschminkt, das Haar aschblond gefärbt, hochgesteckt mit silbernen Spangen. Sie ist daran gewöhnt, hofiert zu werden, wo immer sie auftaucht. Je näher das kleine Mädchen der Urgroßmutter kommt, umso stiller wird es an der Tafel. In Magdas Gesicht glaube ich erwartungsvolle Belustigung zu erkennen, als das Kind auf den Großmutterschoß klettert. Und dann ist es, als könnte man die Anspannung verpuffen hören wie einen Kartoffelbovist: mit einem dumpfen Knall, der sich in jauchzende Erleichterung ergießt, als das Kind, vom faltigen Dekolleté abgelenkt, sagt: «Du hast eine schöne Kette!»

In der Dämmerung schleiche ich mich weg. Ich finde, dass ich viel zu lange damit beschäftigt war, alles richtig zu machen. Ich sollte froh sein über die Gelegenheit, etwas falsch zu machen. Es ist ein seltsames Gefühl, und ich erinnere mich an die paar Mal, die ich zusammen mit Magda und meiner Schwester abends bei ihm eingefallen bin. Wir nahmen seine Boote, fuhren über den schwarzen See und trockneten uns nackt an seinem Feuer.

Dass es später schwer für ihn gewesen sein muss, die Mädchen, die immer zum Greifen nah gewesen sind, nicht zu bekommen, wird mir jetzt bewusst. Ich setze mich auf einen Feldstein vor Leos Toreinfahrt. «Das ist lange her, verdammt!» Hab ich das laut gesagt?

Das Feuer brennt. Leo steht daneben mit Bierflasche, hält den Kopf schief und sieht in die Flammen. Ich setze mich ins Muschelzelt, in dem sich die Feuerwärme angenehm staut. Es ist unheimlich still. Nicht wie in den Sommernächten, in denen es immerzu zirpt und quakt. Nur das Knistern des Feuers ist zu hören und der letzte Regionalzug aus Berlin.

Ich erzähle Leo von den beiden uralten Männern, die ich am Morgen auf dem Weg zum Bäcker im Dorf gesehen habe. «Eineiige Zwillinge in Uniform, der eine mit ganz vielen Orden, der andere mit wenigen. Die standen vorm Bäcker und haben lange braune Zigaretten geraucht. Ich musste die einfach fotografieren.» Leo lacht.

«Die müssen weit über neunzig sein. Warten da einmal im Jahr, dass sie abgeholt werden zum Schützenfest. Man sagt, die haben seit über fünfzig Jahren kein Wort miteinander geredet. Der mit den wenigen Orden hat seinem Bruder damals die Frau weggenommen. Seitdem sehen die sich nur an diesem einen Tag im Jahr. Aber da reden die auch nicht miteinander. Die Frau ist längst tot.»

Ich wusste, dass Leo mir was erzählen kann über die Alten. Er ist hier groß geworden und kennt die Geschichten. Mit den Städtern, die nur im Sommer kommen, redet man nicht gern. Es gibt nur zwei Häuser am See, die noch nie aufgebrochen wurden: Leos Haus und unseres. Nach jedem Winter fehlten Ölradiatoren, Fernseher, Schmuck, und sogar Küchengeräte waren weg. Unseren Trick wollte trotzdem keiner nachmachen. Wir ließen das Haus im Winter unverschlossen und stellten eine Flasche Schnaps auf den Tisch. Wenn wir im Frühling wiederkamen, fehlte nichts bis auf die Flasche. Und es gab Übernachtungsspuren. Warum bei Leo nie eingebrochen wurde, bleibt ein Geheimnis. Vermutlich ist er zur Schule gegangen mit denen, die sich im Winter langweilen hier draußen und die Sommerhäuser leer räumen.

«Kann das sein, dass ich die Letzte bin, die dieses Jahr im Wasser war?»

Er sieht mich an, schüttelt den Kopf. «Kann nicht sein, An- und Abbaden sind meine Medaillen!»

«Na los!», sage ich. «Dann komm noch mal mit. Darfst auch nach mir raus.»

Nachts baden gehen und danach am Feuer trocknen, das haben wir geliebt. Dass wir dabei zu viert waren, ist lange her. Ich höre Leo ins Wasser springen und taste nach der Leiter. Der See kommt mir jetzt kälter vor, und ich tauche nur kurz ein. Als Leo rauskommt, bin ich fast wieder trocken. Er setzt sich schwer atmend und triefend in die Muschel. Ich drehe mich am Feuer, halte Hände und Füße abwechselnd über die Flammen.

Leo wischt sich Wasser aus dem Gesicht und legt ein Kleidungsstück auf seinen Schoß. Ein Körperteil, das ich kenne, seit wir auf der Welt sind, ist in einem Zustand, in dem ich es noch nicht kenne. Der Rauch hat zu mir gedreht, und ich gehe ein Stück um das Feuer herum. Hinter mir höre ich Leo aufstehen, und dann spüre ich seine Finger an meiner Taille. Von der Seite betrachte ich seinen feuerbeschienenen Arm, seine Hand auf meinem Bauch. Ich sehe zu ihm hoch.

«Ein Mal?», frage ich.

«Ein Mal», sagt er, und es ist wie ein Schwur.

Seine Zungenspitze fährt über meine Lippen, macht sie nass, bevor seine Lippen sie berühren, und ich merke, wie jeder Muskel in meinem Körper seine Funktion aufgibt. Ich habe seine Hände vor Augen, die, schwarz verschmiert, mein Fahrrad reparieren oder mühelos das Segel aus dem Wasser ziehen vom Surfbrett meiner Mutter, er ganz nah hinter mir, seine Finger neben meinen am Gabelbaum. Jetzt liegt eine davon auf meiner Brust und fährt an mir herab, dorthin, wo die Haut so weich ist wie an keiner anderen Stelle. Sein verwandeltes Stück Körper steht ab von ihm, ich kann kaum fassen, dass es schon immer da gewesen sein soll. Es glänzt im Feuerschein wie Speckstein oder Wachs und ist von so zarter Glätte, dass ich es anfassen möchte wie einen schönen, nass glänzenden Stein, den man einfach nicht liegenlassen kann, den man berühren möchte, mit der Zunge am liebsten, um die wunderbare Glätte zu fühlen.

Leo schiebt mich in das Zelt. Er legt seinen Körper wie einen schweren Baum zwischen meine Beine und dringt langsam in mich ein, lässt sich hineingleiten, als hätte ich ihn eingesaugt. Nirgendwohin könnte er so gut passen wie hier, jetzt, in mich.

«Oooh Gohhhtt.» Das ist mehr ein Laut aus meiner Kehle, als dass es Worte sind. Er sieht mir in die Augen, als müsste er sich meinen erregten Blick genau einprägen.

Dann kniet er sich hin, hält meine Beckenknochen in den großen Händen und sieht sich an, was er tut. Ich spüre das Blut durch meinen Körper surren, winzige Zahnräder in einer feinen Maschine, die sausen und rauschen.

Wenn ich mit einem Mann schlafe, sehe ich Farben wie riesige Blumenfelder. Nele hatte mir mal erzählt, sie sähe dabei Pferde, obwohl sie Pferde gar nicht leiden könne. Meine Farbfelder sind am Anfang gelb, und wenn es gut ist, dann färben sie sich violett, dabei kann ich violett nicht leiden.

Ich kann meine Hände nicht lösen von seinem gewaltigen Brustkorb, seinen Armen, seinen Schultern, diesem Oberkörper, den ich seit vielen Sommern anfassen wollte, ohne dass mir das bewusst gewesen ist. Seine Schultern spannen sich wie Flügel über mir auf. Eine große Hand passt genau in das weiche Trapez meines Bauches, und mir fällt ein, dass ich beim Betrachten seiner Hände an den Rudern schon mal an so was gedacht habe. Alles wirbelt gelb und violett um mich herum. Ich sehe in seine Augen, und dann ist es, als würde ihn etwas gewaltsam von mir fortreißen.

Es ist so schnell gegangen, und das Erste, was ich denke, als ich wieder denken kann, ist: Das musste sein. Leo sieht aus, als ob er das auch denkt. Er holt zwei Wolldecken aus dem Haus. Sie sind grün kariert. Es sind dieselben Wolldecken, die wir oft zum Picknick in den Wald geschleppt haben. Sie sind durch die Haushalte gewandert, vertauscht und zurückgetauscht worden und sollen uns jetzt wärmen, in dieser Nacht, in der wir etwas beenden, was nie angefangen hat.

«Ein bisschen ist das wie eine neue Haut auf einer offenen Wunde», sagt Leo und lässt sich auf den Rücken fallen. «Ihr wart gemein zu mir damals, weißt du das? Magda hab ich nie verstanden, jeden Moment wollte sie was anderes, manchmal war sie nett, dann wieder fies, manchmal hat sie mir was erzählt, und dann hat sie mich wie Luft behandelt. Ich bin fast irre geworden.»

«Aber wir haben die tollsten Höhlen gebaut!»

«Ja», lacht Leo. «Weil ich euer Sklave war und euch das Holz geschleppt hab.» Ich lehne mich an seine Schulter.

«Deine Haut riecht nach Wald und Regen. Aber nur, wenn ich sie anlecke.» Leo kneift mir in die Seite.

«Tu dir keinen Zwang an!»

Manchmal hab ich mit Magda nachts auf der Wiese gelegen, im Vorgarten, wo die wenigsten Bäume stehen, und in den schwarzen Himmel geguckt mit den spitzen Sternen.

«Weißt du noch, wie oft wir als Kinder Magdas Zahnspange gesucht haben?»

«Oder die Kette mit dem Medaillon von ihrer Oma. Oder ihr Portemonnaie, das sie im Wald auf dem Weg zum Kiosk verloren hat.»

Magda verlor alles. Magda kam nie pünktlich, verirrte sich ständig. Als ich das letzte Mal mit ihr in unserer Wurzelhöhle saß, waren wir vom Geburtstag ihrer Großmutter geflüchtet, wir waren neunzehn, und das Berliner Nachtleben ersetzte unsere Wochenenden am See. Sie erzählte mir von ihrem Job bei einem Verkaufssender für Schmuck. Sie saß am Telefon und nahm die Anrufe für die Live-Versteigerung entgegen. Sie fand das lustig und rechnete mir vor, wie viel Geld sie verdiente. Ihre Familie war entsetzt gewesen. Sie hätte überall arbeiten können, bei einem richtigen Fernsehsender, beim Theater, beim Film, bei einer Zeitung. Ihr Vater hatte Kontakte überallhin. Aber Magda wollte nicht. Sie wollte einen Job ohne Kontakte.

Magdas Schulzeugnis entsprach ihrem widersprüchlichen Wesen. Sie hatte die besten Zensuren und die schlechteste Bewertung. Ihre Mutter zitierte in Gesellschaft gern daraus:

Magda zeigt provokantes Verhalten den Lehrern gegenüber … Magda bildet den negativen Kern der Klasse … Magda stört den Unterricht mit pantomimischen Bewegungen … Magda macht sich über schwächere Mitschüler lustig und verbessert sie laut … Magda ist aufgrund ihrer Nachlässigkeit und mangelnden Arbeitsmoral für die Klasse ein Hemmschuh … Kritische Hinweise führen bei Magda zu uneinsichtigem Verhalten … Magda kann sich nicht unterordnen …

Als Kind hörte ich Magda beim Streit mit ihrem Vater sagen: «Wenn ich groß bin, dann geh ich nach Australien und komme nur alle zehn Jahre zu Besuch!» Gleich nach dem Abi flog sie los. Sie blieb zehn Monate und schickte mir zwei Briefe. Im ersten stand, dass sie schon im Flugzeug ihren «Job Guide» verloren hatte, in dem alle Adressen standen, die sie hatte abklappern wollen. Irgendwie musste sie dann eine Tomatenplantage gefunden haben. Aber nachdem die Tomaten abgeerntet waren, verlor sie Geld und Travellerschecks. Sie schlug sich durch in irgendeiner Großstadt, schlief auf Parkbänken und aß, was sie fand, bis wieder Geld von ihrem Vater kam.

Vielleicht waren es solche Notlagen, für die sie so weit geflogen war, weg von ihrem Vater, dem Retter, der sie so gut verstand, weil er genauso war wie sie. Jetzt, wo die kindliche Vertrautheit zwischen ihr und mir sich nicht mehr einstellen will, denke ich zum ersten Mal über Magda nach. Sie schläft ein paar hundert Meter weiter am selben See, und ich komme mir vor wie eine Verräterin, weil das Vertrauen zwischen Leo und mir in dieser Nacht eine andere Form angenommen hat.

Leos Haar riecht nach Seewasser und Feuerrauch.

«Einmal gilt doch für die ganze Nacht, oder?» Ich erwarte keine Antwort, denn die Antwort ist sichtbar an ihm.

Meine Hände sind noch braun vom Sommer, meine Nägel perlmuttfarben lackiert, und ich würde gerne fotografieren, wie meine Finger über seine Brust fahren. Ich wollte immer die langen eleganten Hände meiner Mutter, bekam aber die kurzen von meinem Vater. In dem schwachen Licht, während sie um seine Schwanzspitze tanzen, die Nägel sich wie eine Perlenkette ringsum legen, sind sie aber doch schön.

Diesmal dauert es länger und ist dunkelviolett in meinen Farbkategorien. Ich hocke über ihm wie eine Spinne. Unsere Körper berühren sich nicht, bis auf meine Zunge an seiner. Dann gleitet seine Schwanzspitze langsam in mich hinein. Ich will den großen Schwanz ganz in mir haben, unbedingt, aber ich beherrsche mich. Meine Beine zittern. Er reißt das Kinn hoch und stöhnt auf.

«Du bist nicht wie Magda. Du bist eher ein kleines, sinnliches Tier», sagt er später. Die Beschreibung trifft mich, weil etwas dran ist. Ich will eine erwachsene, sinnliche Frau sein, kein kleines Tier. Ich sehe Leo misstrauisch an. «Woher weißt du denn, wie Magda so ist?»

Leo lacht nur und legt Holz nach. Das Feuer lodert noch einmal auf. Aber ich habe keine Lust mehr, über früher zu reden, und worüber wir auch nicht reden, ist die traurige Tatsache, dass wir unsere Grundstücke verlassen müssen, wegen der Rückübertragung an die Alteigentümer. Außer Seidelbachs betrifft es die gesamte Siedlung. Diese Nacht ist ein Abschied und die Gefahr, dass sich «ein Mal» wiederholen könnte, so gut wie ausgeschlossen.

Der Regen rieselt mit hellem Rauschen auf das schwarze Wasser. Die Bäume am Ufer gegenüber stehen wie Scherenschnitte vor dem klaren Nachthimmel, der sich langsam entfärbt.

«Ich bin froh», sage ich, «dass wir keine Kinder mehr sind.»

Wir hören das einzige zugelassene Motorboot über den See zu Seidelbachs Steg tuckern. Der Fischer verflucht das zerrissene Netz, und wir müssen lachen.

Als es hell geworden ist, bringt Leo mich mit dem Boot zurück. Es ist kalt, und auf dem Wasser liegt zerfetzter Nebel. Die nasskalte Luft erinnert mich an die morgendlichen Autofahrten, wenn wir nach den Ferien noch nicht zurückwollten nach Berlin. Meine Mutter brachte Magda, meine Schwester und mich zur Schule. Wir hingen mit wehendem Haar in den Fenstern, die Straßen waren noch leer und die Wiesen weiß. Nachmittags fuhren wir mit dem Regionalzug wieder raus. Magda kam angerannt, in letzter Minute, barfuß die Treppen rauf, und als sie es knapp in den Zug geschafft hatte, baumelte nur noch ein Schuh an ihrem Schulrucksack. Sie warf ihn aus dem Zugfenster. Die Dinge wollten nicht bei ihr bleiben.

Jetzt sitzt sie nebenan auf der Terrasse, allein, im blauen Kleid. Sie gießt arabischen Tee aus der polnischen Kanne in die arabische Tasse und fragt nach den Verhandlungen mit den Eigentümern unseres Grundstücks.

«Nichts zu machen», sage ich. «Sie wollen nicht verkaufen. Im Januar müssen wir runter.» Aber auch, wenn wir bleiben dürften, würde es eng, und wir würden uns fetzen auf die Dauer. Meine Mutter würde das Haus okkupiert halten, weil sie alles okkupiert. «Ich fahr dann eben an die Badestelle», sage ich. «Und der Wald läuft ja auch nicht weg.»

Ich spüre, dass Magda irgendwie angewidert ist von meiner Gelassenheit. Schweigend trinken wir unseren Tee und sehen zum Wasser. Ich frage mich, ob sie noch mit dem Maler zusammen ist. Ich habe ihn nur einmal gesehen. Er war älter als wir und jünger als unsere Eltern, veranstaltete Kunstfeste in seinem Haus in Brandenburg. Magda hatte mich mal mitgenommen dorthin.

«Was arbeitest du denn im Moment?», frage ich stattdessen.

«In der Galerie Silberberg», sagt Magda knapp.

«Und was da?»

«Rumsitzen. Da kann ich in Ruhe schreiben.» Sie sieht über den Rasen und sagt: «Ich bin schwanger.»

Seltsam, wie schnell ein Mensch sich durch eine kleine

Information verändern kann. Jetzt tut es mir leid, dass ich mich geweigert habe, ihre Wehmut zu teilen. Ich folge ihrem Blick und habe das Gefühl, zu sehen, was sie sieht: uns beide in Schwarzweiß als nackte Kleinkinder in einer Zinkwanne auf diesem Rasen, vor diesem See, fotografiert von unseren Müttern auf dieser Terrasse.

«Bekommst du es?», frage ich, und Magda zuckt die Schultern. «Und der Vater?»

«Weiß es noch nicht», sagt sie und ist schon wieder in der Stimmung, Fragen nur mit Ja oder Nein zu beantworten. Wenn überhaupt. Ich kann mir Magda so wenig als Mutter vorstellen wie mich selbst. Aber ich gebe mir Mühe, sie anzulächeln: «Cool! Ein echtes Baby!»

«Ich muss zum Zug», sagt Magda und räumt die Tassen weg.

Nachmittags kommt ihre Cousine zu uns, und wieder geht es um Vorkaufsrechte und Rückübertragungen. Beiläufig frage ich nach Magdas Freund, um rauszufinden, ob schon jemand von der Schwangerschaft weiß.

«Ist sie eigentlich noch mit dem Maler zusammen?»

«Nee, mit 'nem anderen Künstler. Hat sie auch da oben kennengelernt. Wohnt da in einer alten Mühle», sagt ihre Cousine. Künstler wohnen offenbar gerne in Brandenburger Mühlen, denke ich.

Leos Haus ist verriegelt. Er ist nicht mehr da. Ich steige über das Gartentor und gehe runter zum See. Im morastigen Ufer fotografiere ich eine Insel, aus der zwei Schwarzerlen wachsen, umgeben von Schilf und Farnkraut. Das

Licht schimmert durch die Bäume. Kletterpflanzen hängen von den Ästen herab, und im flachen Wasser spiegelt sich urwaldähnliches Pflanzengewirr.

Ich setze mich auf die Treppe am Steg und merke, dass etwas zu Ende gegangen ist. Der See gehört uns nicht mehr, unseren Kindern wird er nie gehören. Meine Verbindung zu Magda und Leo kommt mir vor wie ein letzter Fetzen Kindheit, der jetzt endgültig abgerissen ist.

Ich werde dem Bildhauer das Urwaldfoto schicken, falls es gut geworden ist, mit weißem Rand auf handgeschöpftem Papier. Ich halte es in Gedanken schon in der Hand und schreibe *Liebe Grüße von Jette* auf die Rückseite, als mir plötzlich heiß wird: *Galerie Silberberg ... Einzelausstellung ... der hat 'ne Freundin in Berlin ... wohnt da in einer alten Mühle ...* Worte und Sätze sind sich begegnet in meinem unaufgeräumten Kopf und haben erst jetzt gemerkt, dass sie zusammengehören.

ALLEINE BLEIBEN

Ich sitze in meiner Küche auf der Waschmaschine und warte auf den Schauspieler. Es ist nach Mitternacht, das Essen ist kalt. Ich überlege, ob er mich seine Freundin nennen würde. Er sieht dem Bildhauer ähnlich. In der Kantine hatte ich zuerst gedacht, er wäre es. Manchmal weise ich mich in Gedanken zurecht, wenn ich ihre Eigenschaften vergleiche und mich über jede Übereinstimmung freue.

Als ich mich ausgezogen habe, höre ich Schritte durchs Treppenhaus poltern bis vor meine Tür. Der Schauspieler hat noch einen zweiten Schauspieler mitgebracht. Dass ich in Unterwäsche die Tür öffne, scheint beide nicht zu verwundern. Es ist wieder mal so, dass ich nicht einschätzen kann, ob sie tatsächlich so betrunken sind, wie sie wirken, oder ob sie sich gegenseitig angesteckt haben. Im Theater habe ich sie urplötzlich nüchtern werden sehen, wenn sie auf die Bühne mussten.

Als ich im roten Chinamorgenmantel in die Küche komme, küssen sich die beiden. Ich setze mich wortlos auf den großen Küchentisch, weil die Männer auf den einzigen beiden Stühlen sitzen. Wir stochern in der kalten Lasagne. Der Chinamantel hat nur am Bauchnabel einen Verschluss, und der Schlitz ist bis zur Hüfte offen. Der Schauspieler, der mein Freund sein sollte, streut einen kleinen Zuckerberg auf meinen Schenkel, und der andere leckt ihn ab. Die beiden verheddern sich in sinnlosen Gesprächen. Versuchen in verschiedenen Sprachen einen Fernseher zu reklamieren und überlegen, ob Flugzeuge mit Koffein, Kalorien oder Kokain fliegen. Dann spielen sie mit ihren Daumen Rennautoschaltknüppel, fahren um Kurven und fallen fast von den Stühlen dabei.

Der Schauspieler, der nicht mein Freund sein soll, ist vielleicht schwul, denke ich. Er schüttelt einen Teebeutel aus und zündet die leere Hülle an. Die kleine Flamme erhebt sich langsam und voller Würde über den Küchentisch und bleibt in der Luft stehen. Als sie erlischt, schwebt eine winzige Ascheflocke herab.

Ich fühle mich einsam mit den beiden Betrunkenen, streichle über ihre Köpfe und stelle mir vor, ich wäre ihre Betreuerin. Sofort bekomme ich Mitleid. Immerhin.

Mein Bett besteht aus zwei alten, nebeneinander aufgestellten Ferienlagerbetten mit weißem Eisengestänge. Die Männer lassen ihre Jeans auf den Boden fallen, dann sich selbst, links und rechts auf die Matratze. Mir bleibt nur die Mitte mit der harten Eisenkante. Ich ziehe den Morgenmantel aus, klettere über das Gestänge und versuche, beide Bettdecken ein Stück zu mir zu ziehen. Die Männer haben ein blödsinniges Gespräch über den Zusammenhang zwischen Blutgruppe und Mobilfunkanbieter angefangen, und ich bin zu nüchtern, um mich daran zu beteiligen. Irgendwann ist es still; irgendwann fährt die Hand des Schwulen von links über meine Brust. Vermutlich ist er gar nicht sehr schwul. Er hat einen schön geschwungenen Mund, der zart wirkt und verletzlich und nicht zu seinem rasierten Schädel passt. Ich würde ihn gerne küssen, aber ich weiß nicht, ob das der richtige Weg ist, um doch noch irgendwann die Freundin des Mannes zu werden, der rechts liegt und vielleicht auch nicht schläft. Die Hand fährt über meinen Bauch und zwischen meine Schenkel. Es macht mich sauer, dass der Mann, den ich will, keinen Anspruch auf mich erhebt.

Mir fällt der Countrysong aus dem Radio ein, bei dem ich heulen musste heute früh. *Oh Montana, give him a woman of his own.* Diese bescheuerte Sehnsucht, dass einer sagt: Ich will dich für mich allein! Es kommt mir vor wie eine abartige sexuelle Vorliebe, die man lieber geheim hält. Ich sollte einfach rechts nach der Männerhaut tasten, sie streicheln und mich dabei von links streicheln lassen. Aber ich bin zu nüchtern. Die Hand ist in meinem Slip und schließlich ist ein Mittelfinger in mir verschwunden. Ich drehe mich von ihm weg und schiebe seine Hand zurück unter seine Decke.

Eigentlich ist klar, dass wir kein Paar werden können. Wahrscheinlich hat er gemerkt, dass ich einen anderen in ihm suche. Ich sollte mich nach links wenden und die Hoffnung aufgeben. Meine Nüchternheit hindert mich. Und meine Sturheit hindert mich auch.

Es ist seltsam, dass beide nicht schnarchen. Liegen sie wach und versuchen sich zu beherrschen? Ich jedenfalls versuche mich zu beherrschen, um nicht die Hand zu nehmen und sie wieder da reinzuschieben, wo ich sie rausgezogen hatte. In meinem Kopf bauen sich Bilder davon auf, wie einer hinter mir knien könnte und der andere vor mir, wie ich den schwulen Schwanz mit der Zunge berühre oder die geschwungenen Lippen.

Ich nehme meine eigene Hand statt seiner und muss daran denken, wie die beiden sich in der Küche geküsst haben. Sie liegen im Dunkeln und bewegen sich nicht. Ich rolle mich an den rechten Männerrücken, stelle mir vor, er wäre mein Freund, und schlafe ein.

Als er hochschreckt und «Scheiße!» ruft, ist es halb zehn. Die Männer gehen ins Bad, lassen die Tür offen stehen, und ich frage mich, ob sie vielleicht doch irgendwie zusammengehören. Ich drängle mich dazwischen, steige in die Dusche. Der Schwule guckt unverhohlen auf meinen Po. Ich klappe die Tür noch mal auf: «Kommt ihr auch mit rein?»

Wir duschen zu dritt, und es scheint keine sexuelle Idee zu existieren in der Kabine, obwohl unsere Seifenhaut sich berührt. Wir waschen uns wie drei Menschen, die der Zufall in denselben Regen gestellt hat. Die Männer spülen sich den Alkohol vom Leib und ich den erfundenen Sex aus der Nacht.

Die Bahn ist voll, und wir reden kaum. Ich merke, dass der Schwule mich beobachtet, als würde er herausfinden wollen, ob ich sauer bin auf ihn. Als wir am Theater aussteigen, kommt es mir vor wie Zur-Schule-Gehen. Jeder biegt ab in seine Klasse. Die Schauspieler auf die Probebühne, ich in die Werkstatt.

Mittags setzt der Schwule sich mit seinem Teller in der Kantine zu mir.

«Tut mir leid, falls ich dich letzte Nacht belästigt habe.»

Ich schüttle den Kopf, sehe auf seine Hand, die neben dem Teller liegt, und auf seinen Mittelfinger, der in mir war. Es ist aber nicht die Hand, die ich in mir haben will. Es wäre so einfach, wenn das egal wäre.

Seine Augen sehen aus, als hätten wir dasselbe Problem. Ich muss wieder an den Countrysong denken und daran, dass ich noch mehr wollen soll als nur einen Mann für mich allein und eine Höhle und eine Feuerstelle. Das alles reicht nicht. Der Song sagt: Gib dem Kind außerdem noch den wilden Wind zum Bruder.

Beim Theaterfestival stehe ich plötzlich Magda auf dem Kantinenhof gegenüber. Daneben ihr Vater, schiebt einen überbreiten Kinderwagen voller Stolz, zeigt sich Freunden und Bekannten, als sei er selbst noch mal Vater geworden. Magda begrüßt mich auf ihre kühle, langsame Art, sie wirkt vollkommen unabhängig von dem Wagen. Nicht so wie Mütter, die es gerade geworden sind und an nichts anderes denken können als an Wickeln, Füttern und Schlafenlegen.

Magda ist älter geworden. Da sind Fältchen in ihren Augenwinkeln, und ihr großflächiges Gesicht mit den hohen Wangenknochen sieht ernsthafter aus. Sie trägt kleine goldene Kreolen im Ohr und eine dünne goldene Kette am Handgelenk. An ihrem Haaransatz scheint es wie bei dem Friseurpuppenkopf, den ich als Kind hatte, kaum einen Übergang zu geben von kurzen, fusseligen Haaren zu langen, dickeren. Magdas Haar fällt in ausladenden hellbraunen Wellen auf ihre Schultern.

Alles an ihr wirkt so gleichmäßig. Selbst das unheimlich grüne Grün ihrer Augen unter den schwarzen Wimpern. Ihre schmalen Lippen sind das Negativ von Neles. Die Oberlippe macht in der Mitte einen Schlenker nach unten, und sie kann damit lächeln, dass ihr Mund nur an den Winkeln geöffnet bleibt. Aber Magda ist voller Widersprüche. Sie ist der unsportlichste Mensch, den ich kenne, und steckt in einem sportlichen Körper. Sie könnte Sprinterin sein mit den muskulösen Oberschenkeln und den schmalen Schultern, dabei liegt ihr nichts so fern wie Schnelligkeit. Magda ist von ungelenker Grazie.

Meine Schwester und ich hatten uns ein Spiel ausgedacht, in dem wir versuchten, die gegenteiligste Bezeichnung zu finden für Menschen, die wir kannten. Für Magda fanden wir *quirlig* am unpassendsten. Daran muss ich denken, als sie auf meine Frage, wie es ihr gehe, antwortet: «Geht so. Bin nur ein bisschen langsam geworden durch die Zwillinge.» Überhaupt antwortet sie wieder knapp und ausweichend.

«Kommst du noch zum Schreiben?»

«Bisschen.»

«Und was schreibst du?»

«Alles Mögliche.»

Wenn Magda nicht reden will, ist nichts zu machen. Sie antwortet kurz und lächelt dabei, aber ihre Mundwinkel sinken sofort nach unten, und niemand könnte es danach noch wagen, ihr ernstes Gesicht weiter mit demselben Thema zu belästigen.

Als Kinder waren wir Prinzessinnen. Magdas Vater

nannte uns «Königstöchter», wenn wir überheblich waren. Es gab Tage, da gehörte alles uns, der See und die Felder, die ganze Welt. Wir brüllten obszöne Worte in den Wald, wo niemand uns hören konnte, und dachten, es würde durch das ganze Universum tönen. Wir stürmten über die Feldwege, auf die Hochstände, über die Weiden und bildeten uns ein, dass die Wildschweine Angst haben müssten vor uns, weil wir unbesiegbar waren.

Am Lukowsee kam es vor, dass Musik von der anderen Seeseite zu uns herüberschallte. Dann ruderten wir rüber oder liefen ringsherum durch den Wald, so lange, bis wir die Veranstaltung gefunden hatten. Das konnte Stunden dauern. Unterwegs stellten wir uns vor, dass es cool sein könnte dort. Ein Zirkus vielleicht, ein Zigeunerlager oder eine Hippieparty mit lustigen Leuten. Jedes Mal war Magda enttäuschter als ich. Ihre Mundwinkel sackten nach unten. Erst Jahre später begriffen wir, dass unsere Vorstellung schöner bleiben musste als die Realität. Aber die Enttäuschung hatte sich da schon festgesetzt in Magdas Gesicht.

Ich überlege, nach dem Vater der Kinder zu fragen, als wüsste ich nicht, wer es ist. Als fragte ich nur aus Höflichkeit. Von meinem Interesse an dem Mann darf nichts zu spüren sein, denke ich noch, als ich den Namen des Bildhauers sage. Schroff und fast wütend antwortet Magda: «Wir sind nicht zusammen. Waren wir nie. Mit dem kann man nicht zusammen sein. Der ist ein Vieh.» Es klingt nach einer frischen Wunde. «Ich wohn wieder bei meinen Eltern. Das ist gut mit den Babys.»

Magdas Mutter kommt mit Getränken, und die Situation erlaubt nur noch Babysmalltalk. Neben dem wachen, dünnen Mädchen im Wagen schläft ein dicker Junge.

Auf dem Heimweg begreife ich, dass ich selber Mutter sein könnte. Aber ich verdränge die Vorstellung und schiebe sie in meinem Hinterkopf an einen ruhigen Ort, wo sie entweder wachsen kann oder eingehen.

ZWEIMANNSEE

Vor mir liegt ein unbefristeter Vertrag mit einem richtigen Gehalt, und in meinem Ohr fängt etwas zu rauschen an. Ich falte das Papier zusammen, stecke es in die Tasche. Irgendetwas stimmt nicht mit mir. Auf der kleinen Steinmauer im Kantinenhof versuche ich, darüber nachzudenken, ob ich den Vertrag unterschreiben soll. Eine behaarte schwarze Spinne mit eckigen Beinen läuft über meine Hand. Anstatt zu schreien, zu fuchteln und noch Stunden später zu zittern vor Schrecken und Ekel, lasse ich das Tier gleichgültig weiterlaufen.

Vielleicht unterschreib ich morgen. Ich fahre nach Hause mit dem Fahrrad über Kopfsteinpflaster, dass mein ganzer Körper durchgerüttelt wird und meine losen Brüste unterm Hemd sich misshandelt fühlen. Der Alltag ist brutal zu meinem Körper. Oder mein Körper für den Alltag zu schwach.

Ich muss raus. Etwas Wildes würde mir guttun, ein hässlicher, kahler Wald voller Gestrüpp oder eine modrige Abraumhalde unter grauem Himmel. Aber so etwas gibt es hier nicht. Der Park hilft auch nicht weiter, durch den ich mein Fahrrad schiebe. Die zuckelnden Kinderwagen auf dem knirschenden Streukies machen mich aggressiv. Am Zaun müssen alle Spaziergänger durch dasselbe Tor. Ich will aber nicht mit dem trägen Strom da durchgeleiert werden. Ich würde am liebsten über den Scheißzaun klettern oder mich darunter durchgraben, nur um nicht durch das Scheißtor zu müssen. Dass es den Menschen nichts ausmacht, auf denselben Wegen hintereinanderher zu trotten, verstehe ich nicht.

Ich gehe quer über die matschige Wiese und steige in die S-Bahn. Dann in den Regionalzug. Nachtwandlerisch bin ich am Lukowsee ausgestiegen. Ich habe nicht darüber nachgedacht hierherzufahren. Ich hätte nachdenken müssen, um woanders hinzufahren.

Die leeren Fensterhöhlen starren mich ausgehungert an. Da, wo der Durchgang zu Magda gewesen ist, sehe ich fremde Menschen durch die Zweige. Das Gras steht mir vorwurfsvoll um die Beine, es versteht nicht, warum ich mich hineinfallen lasse und heule, statt es zu mähen und zu harken. Meine Bäume, meine Büsche, meine Wiese, meine Veranda, meine Kindheit, mein Paradies, alles ist noch da, aber nicht für mich, nicht für Leo und nicht für Magda.

Die Landschaft interessiert sich nicht für Rückgabegesetze. Die Katze auch nicht. Sie klettert einen Stamm hoch, senkrecht, haut die Schnecken vom Stamm und guckt hinterher, wie sie ins Gras fallen. Ein bisschen enttäuscht vielleicht, dass sie sich nicht wehren.

Ich kämpfe mich durch das wuchernde Brombeergestrüpp und bin irgendwie froh, zu sehen, dass der untere Teil der Wiese von Fremden genutzt wird, die mit geliehenen Booten vom Strandbad über den See kommen, Lagerfeuer machen und unter den stillen Bäumen liegen, weitab vom Ausflugslärm.

Beim Hineingehen spüre ich, dass ich dem See noch immer vertraue wie keinem anderen Gewässer. Das Wasser riecht wie damals, als ich mit fünf Monaten auf dem Arm meiner Mutter zum ersten Mal darin gebadet wurde. Ich überlasse mich der schlammigen Tiefe und fühle mich wie ein Fisch. Den Winkel, den ich einschlagen muss, um von der Strömung nicht abgetrieben zu werden, kenne ich genau. Ich schiebe die Hände vor mir her und lasse das Wasser durch die Finger rinnen. Als Kind habe ich meine Hände beim Schwimmen betrachtet und den Anblick gemocht, wenn sie braun gebrannt waren. Später fand ich es schön, meine lackierten Nägel durch das grünliche Wasser glitzern zu sehen, in dem sie länger wirkten. Jetzt weiß ich, dass sie denen meiner Mutter ähnlich geworden sind.

Meine Füße kennen die Stelle, an der sie den Boden knapp erreichen. Ich steige aus dem Wasser, lasse mich vom Wind trocknen, der mich schon oft getrocknet hat, der seit Jahrhunderten von links über den See bläst. Dann gehe ich zu den Wurzelhöhlen am Ufer, und alles kommt mir viel kleiner vor. Durchs Schilf sehe ich einen einsamen Angler und muss an den Bildhauer denken.

Als ich über den liegenden Stamm klettere und durch die aufragenden Äste, steht da plötzlich Leo. Er strahlt: «Wollte mal sehen, wem das Fahrrad gehört.»

Er legt seine kräftigen Arme um mich wie um einen alten Kumpel. Das brache Feld hat er gepachtet, sagt er, das mit dem kleinen Steg am Wasser, gleich neben den alten Wurzeln. Er will eine Baumschule gründen und baut an der Bewässerungsanlage.

Stolz zeigt er mir die Grundstücksgrenzen, als ein kleines blaues Auto den Feldweg herunterkommt und neben seinem Pick-up hält. Ein blondes Mädchen mit einem kleinen runden Bauch stellt sich neben Leo. Deshalb also die Kumpelumarmung.

Im Regen fahre ich zurück, durch die glitzernden Alleen, an den bunten Feldern vorbei, durch Dörfer in die Vororte und schließlich über breite Straßen in die große Stadt, die ich noch nie für lange Zeit verlassen habe, seit ich in ihr geboren wurde. Auf der Prenzlauer Allee: ein Mann im Anzug, sein Aktenkoffer steht neben ihm auf dem Gehweg. Versonnen steht er da und wischt mit dem Zeigefinger über die Regentropfen auf einem Zettel in seiner Hand. Kinder verdrehen die Hälse nach dem großen kaputten Auto, das vor ihm am Abschleppkran hängt. Er steht da im Niesel wie ein Denkmal der Gelassenheit und zieht mit dem Finger Bahnen über das nasse Papier.

Abends im Bett ist das Rauschen wieder da, ein Flugzeugmotor, weit entfernt, und das hohe Zirpen von Grillen. Nie wieder Stille zu hören, der Gedanke bringt mich zur Verzweiflung. Ich wünsche mir den Großstadtlärm in mein Schlafzimmer, aber er lässt mich allein mit den Grillen und Flugzeugen und dem beharrlichen Rauschen. Irgendwann schlafe ich ein, das Radio auf dem Kopfkissen.

Beim Aufwachen sind die Geräusche noch immer da.

Ich schneide eine Scheibe Brot ab, und sie zerfällt beim Schneiden. Das Messer fährt mir in die Hand, kochendes Teewasser spritzt gegen meinen Schenkel. Alles wehrt sich gegen die Benutzung durch mich. Kanten und Stufen strecken sich mir, wo ich stehe und gehe, in den Weg, dass ich mich daran stoßen und darüber stolpern soll. Alles will mich verletzen, mich behindern.

Unverhältnismäßige Traurigkeit überfällt mich angesichts der Unauffindbarkeit eines zweiten Strumpfes. Ich gehe ziellos durch die Stadt, dahin, wo viele Menschen sind, zwischen denen ich untergehen kann. Je unkultivierter die Gegend ist, umso wohler fühle ich mich. Aber meine Schrittlänge stimmt nicht mit den Gehwegplatten überein.

In der Nacht liege ich wach. An den dunklen Wänden meines Zimmers blinkt Blaulicht. Ich sehe über die Kreuzung, sehe Menschen, Hunde, Polizisten und habe kein Interesse daran, die Vorgänge zu verstehen. Ich bin taub geworden, alles ist mir fremd, kommt mir unwirklich vor, unverständlich, ist mir auf unheimliche Weise egal.

«Du musst raus aus dem Theatersumpf», sagt meine Schwester am Telefon. «Fahr in meinen Garten.»

Auf dem Regionalbahnhof rauschen die Autos unter mir vorbei, und der Zug macht freundlicherweise Geräusche, die meinen genau entgegenwirken. Ich bin dankbar für den gleichförmigen Lärm. Dann links und rechts: nur noch Feld und Wald. Ich bekomme Angst vor dem Aussteigen. Ich will nicht, dass der Zug mich alleinlässt in der Stille.

Im Waggon und auf dem Bahnsteig bin ich die Letzte. Der Zug wird kleiner und leiser, dann ist er verschwunden. Jetzt ist es still. Für einen Moment. Vielleicht hab ich die Geräusche in der Stadt gelassen? Nein, sie sind mitgekommen, unbeeindruckt von dem stummen Wald hinter den Schienen werden sie wieder laut in meinem Kopf.

Ich gehe an der Landstraße auf der Grasnarbe entlang, gehe zu auf ein schwarzes Feld. Im Näherkommen sind es vertrocknete Sonnenblumen. Sie wiegen sich wie kleine verbrannte Laternen. Ich würde mich gerne auf die harte Erde legen und mich von ihnen betrachten lassen wie von Trauergästen, die in ein Grab hinuntersehen. Aber Krähen laufen zwischen den gespenstischen Stielen herum, und ich gehöre irgendwie nicht dazu.

Die anderen Felder sind leer und der Himmel auch. Da steht das Fachwerkhaus mit dem Strohdach. Auch leer. Ich stelle meinen Rucksack auf die Bank vor dem Haus und suche mein Taschenmesser. Ich soll den Deckel vom Hausanschlusskasten neben der Tür aufschrauben. Die Schrauben sind verrostet, und mein Taschenmesser ist zu breit. Ich lasse mich auf die Bank fallen, und meine Unterlippe fängt an zu zittern wie bei einem Kleinkind. Ich werfe das Taschenmesser ins Gras, stelle mir vor, jemand wäre hier, um das Problem für mich zu lösen. Jemand, den ich liebe, am besten. Voller Trotz bleibe ich sitzen und warte. «Ich kann das nicht!», möchte ich über die Felder schreien, bloß die Felder würde das nicht interessieren. Sie scheinen zu flüstern, dass sie sich nicht verarschen lassen von mir.

Irgendwann habe ich den blöden Kasten mit der Messerspitze aufgeschraubt und den Haustürschlüssel hinter den dicken Kabeln hervorgezogen. Modriger Geruch schlägt mir entgegen. Ich reiße alle Fenster auf, zerre die Bettdecken auf die Wiese und lasse mich hineinfallen. Das Gras, die Fliegen, der Geruch meiner Haut in den muffigen Decken kommen mir vor wie ein Kindheitszitat. Ewig träge Sommertage ziehen an mir vorbei, aber ich kann sie nicht noch einmal erleben. Ich kann sie nur wiedererkennen.

Noch eine Spinne. Eine winzige diesmal. Ihre Beine sind dünner und durchsichtiger als die Härchen an meinem Oberschenkel. Sie kämpft sich über meine Haut, kugelt über die hinderlich behaarte Landschaft, seilt sich schließlich entnervt ab am unsichtbaren Faden. Sie scheint ein Ziel von höherer Bedeutung zu haben, keine Zeit, sich länger aufzuhalten mit mir, die ich kein Ziel habe. Ihr kleines Leben kommt mir wichtiger vor in diesem Moment als meines.

Ich weiß nicht viel anzufangen mit mir, gehe spazieren, baden, Holz hacken, liege lesend im Garten und tue das alles nicht aus einem Bedürfnis heraus, sondern aus Pflichtgefühl. Ich schütte Abwaschwasser vors Haus. Ein schwarzer Käfer stolpert hektisch über die Straße. Ich sollte mir den roten Sonnenuntergang ansehen, aber der interessiert mich nicht. Ich lasse Türen und Fenster offen über Nacht und spüre im Einschlafen Enttäuschung darüber, dass ich mich nicht fürchte vor den unbekannten Geräuschen im Dunkeln.

Am Morgen ist da ein alter Mann am See. Er sitzt auf einer Decke in Türkis und Lila. Es ärgert mich, dass ich nicht unbeobachtet baden kann. Er nickt, als ich vorbeigehe.

«Wie heißt der See eigentlich?», frage ich, um irgendwas zu sagen.

«Ach, der hat keen Namen», antwortet er langsam und sieht auf das Wasser. «Wir nenn' ihn *Zweimannsee*, weil der so kleen ist.»

Ich versuche zu lachen, setze mich auf einen Baumstamm und halte die Füße ins Wasser. Es entsteht ein kurzes Gespräch über tollwütige Eichhörnchen und den Maronenbaum, von dem es hier keinen zweiten gibt. Dann faltet er seine Decke zusammen.

«Die Arbeit ruft.»

Er will mich allein lassen, aus Höflichkeit, weil er denkt, ich ginge seinetwegen nicht ins Wasser. Plötzlich hab ich keine Lust mehr zum Baden. Wie einer Sinnestäuschung sehe ich dem fremden Menschen hinterher. Mein Blick ist wie der einer verlassenen Geliebten, die merkt, dass sie durch übermäßigen Stolz jemanden verjagt hat, den sie dabehalten wollte. Der Maronenbaum steht schuldbewusst am Feldrand, als wüsste er, dass er nie dazugehören wird zu den Eichen, Kiefern, Birken.

Mechanisch tue ich jeden Tag irgendetwas. Ich habe gemerkt, dass nichts passiert, wenn ich nichts mache. Das ist ungewohnt. In der Stadt passiert immerzu irgendetwas. Auch ohne mich.

In einer traumlosen Nacht wache ich auf und weiß nicht, warum. Ein glühender Punkt. Ich rieche Rauch. Dann begreife ich, dass jemand im Zimmer steht. Ich stütze mich auf die Ellenbogen, und mein Herz fängt an zu rasen. Die Silhouette dreht sich um und geht.

Am Morgen kann ich kaum fassen, dass ich einfach wieder eingeschlafen bin. Wie eine vernünftige große Schwester versuche ich auf mich selbst einzureden: Ein Fremder hat an deinem Bett gestanden. Mach dir das mal klar!

Ich gehe durchs Haus, aber es scheint nichts zu fehlen. Was wäre für einen Einbrecher hier schon von Wert? Ich nehme mir vor, mir am Abend einzuprägen, ob die Gartentür offen ist oder geschlossen. Am nächsten Morgen kann ich mich nicht mehr erinnern. Ich liege in der Hängematte und denke, dass ich mich bedroht fühlen müsste. Aber ich fühle mich nicht bedroht. Ich möchte mich bedroht fühlen, denke ich und merke, wie mein Wunsch schon wieder erlahmt.

Abends sitze ich am Kamin, trage einen Falter in die Dunkelheit hinaus, pullere in die Wiese, sehe in die Sterne. Ich versuche, die echten Grillen zu unterscheiden von denen in meinem Kopf, und da spüre ich zum ersten Mal eine wohltuende Einsamkeit.

In dieser Nacht schließe ich die Tür ab.

Am Morgen liegt vor dem offenen Fenster eine frische Zigarettenkippe im Gras. Ich packe meine Sachen, staple Holz neben den Kamin, schraube den Schlüssel zurück in den rostigen Kasten und gehe zum Bahnhof. Die traurigen Sonnenblumen sehen aus, als würden sie sich schämen vor dem blauen Himmel. Untote, die bestraft werden für ein überschwänglich gelbes Leben. Ich gehe neben den Schienen durch das hohe Gras. Der Wind fließt wie Wasser darüber und schüttelt es hin und her in weichen Wellen.

Im Zug kommt mir die vergangene Zeit unwirklich vor. Ein junger Boxer kaut etwas, das er unter der Sitzbank gefunden hat, und wird dafür ausgeschimpft von dem Mädchen, das seine Leine hält. Er lässt die Backen hängen, sieht sie fragend an und kaut weiter. Ich muss lachen und merke, dass es das erste Lachen seit langem ist.

Zu Hause im Briefkasten: ein Buch über Tinnitus von Nele. Ich schlage es noch im Hausflur auf und lese den ersten Satz: *Stellen Sie sich vor, Sie sind eine Maschine. Eine Maschine macht immer Geräusche.* Im Fahrstuhl lerne ich, dass ich den gleichbleibenden Ton im Kopf durch Konzentration herunterdrehen kann wie durch einen Bassregler. Es ist ganz einfach.

Langsam gehören die Geräusche zu mir wie das Klappern meiner Absätze auf dem Asphalt. Und ein paar Monate später höre ich, dass ich es nicht mehr höre. Der rauschende Wasserfall ist ausgetrocknet, das Flugzeug gelandet, die Grillen sind tot. Meinen Job am Theater hat eine neue Assistentin übernommen.

Ich bin raus.

ENTE MIT KLÖSSEN

Ein Eichhörnchen läuft einen Baumstamm hinab, sucht etwas auf dem Boden mit ruppigen Stummfilmbewegungen, sucht im Gulli – und rennt plötzlich auf die Straße, zwischen Autorädern hindurch, einen Moment gefangen zwischen den Schienen unter einer Straßenbahn, lässt sie über sich hinwegrollen, springt auch noch über die zweite Fahrbahnhälfte unter rasende Reifen und, wie nach einem genialen Stunt, kommt heil an auf der anderen Seite und verschwindet unter einem grünen Container.

Ich gehe weiter und komme mir selbst gerettet vor.

Nele hat mich zu ihrem dreißigsten Geburtstag eingeladen, ich soll mitfahren im Auto ihrer Mutter. Es ist kalt, und Neles Mutter fährt wie der Teufel. Während der Fahrt redet sie von Wiedergeburt, yogischem Fliegen und transzendentaler Meditation. Die Landstraßen sind vereist, verschneit, verweht. In dem gespenstisch vernebelten Eiswald endet die Welt hinter den Bäumen im Nichts. Jeder kleinste Zweig ist seit dem Eissturm von einer gläsernen Hülle umfroren. Manche Bäume konnten die Last nicht mehr tragen: Im Umfallen haben sie sich in die Stromleitungen verkrallt oder gleich den ganzen Mast mitgenommen.

Als die Straßen einsamer und ländlicher werden, stehen Rehe und Hirsche auf der Fahrbahn, staksen nur langsam in den tiefen Schneedeich am Straßenrand, um uns vorbeizulassen. Erst die blutumrandeten Löcher in der Eiskruste auf dem Schnee erklären, warum.

Im warmen Auto konnte man zweifeln an der Echtheit der Landschaft hinter der Windschutzscheibe, beim Aussteigen aber ist es zu spüren: Die Welt klirrt. Nele dagegen sieht aus wie ihr eigenes Geburtstagsgeschenk. Glitzernd eingehüllt, bunt umwickelt, gute Laune verbreitend. Magda begrüßt mich mit kühlem *Hei*, und ich kann sehen, dass ihr meine Anwesenheit unangenehm ist, sehe, wie ihr langsam klar wird, dass Nele mich die ganze Zeit auf dem Laufenden gehalten hat, und dass ihr die Einsicht nicht gefällt.

Elli schleppt Kuchenbleche, Jessi Kaffeekannen. «Jetzt lass mich doch mal 'ne Sekunde meinen Kuchen essen», sagt Nele und versucht, das nervende Kind auf ihrem Schoß zusammenzufalten. «Mist, zu groß für die Babyklappe!»

Für Nele habe ich mich zum ersten Mal seit Monaten wieder geschminkt, einen kurzen Rock, engen Pullover und hohe Stiefel angezogen. Ich passe gut in die Kaffeegesellschaft. Dass ich kein eigenes Kind habe, fällt nicht auf. Es fällt auch nicht auf, dass ich mich davonstehle, um Neles Mutter zu entkommen, die mich immer noch von der Heilkraft der transzendentalen Meditation zu überzeugen versucht.

Im Flur sitzt Neles Tochter auf der Treppe und schmollt. Ich nehme meinen Lippenstift aus der Handtasche. «Willst du auch?» Sie nickt ernst. Ich male mit der rotbraun schimmernden Farbe vorsichtig über ihre rosa Lippen. Sie hält ganz still. Ihre Sommersprossen sitzen immer noch fast alle auf der einen Gesichtshälfte. Nur ein paar wenige sind über ihre Nase gewandert, um die weiß gebliebene Wange zu bevölkern. Sie nimmt ihre Schmollposition wieder ein, die an Ausdrucksstärke gewonnen hat durch die Bemalung.

Als ich durch den Schnee stakse, wird mir klar, dass mein kurzer Rock weniger für Neles Geburtstagsgesellschaft gedacht war als für ihn. Die Tür zum Atelier ist zu. Ich blicke vorsichtig durch die Scheibe.

«Na, willst du mir beim Kochen helfen?» Er steht plötzlich hinter mir, die Hände in den Taschen, nur im Hemd, ohne Schal und Mantel. «Ente», sagt er und hält den Kopf schief. Ich bedauere, dass wir durch die plötzliche Begrüßung die Möglichkeit einer Umarmung verpasst haben.

In der Küche Musik und Wein und der Geruch nach gutem Essen. Es ist, als wäre ich seit meinem ersten Besuch keine Stunde weg gewesen. Wir reden kaum. Beim Zerkleinern der Pilze stellt er sich hinter mich, nimmt mir das japanische Messer aus der Hand und zeigt, wie er die Champignons geschnitten haben will. Seine Unterarme zwischen meiner Taille und meinen hilflos in der Luft hängenden Armen, seine Brust an meinem Rücken, sein Atem in meinem Nacken. Der Geruch verteilt sich wie Alkohol in meinem Blut. Ich bin gefangen zwischen der Tischkante und seiner Hose, zwischen etwas Festem an meinem Po und der Tischkante an meinem Bauch.

Dann widmet er sich der Ente. Ich sehe zu, wie er meinen Verstand in Rotwein mariniert, meine Haut mit Öl und Rosmarin salbt, ganze Äpfel in die weiche Öffnung schiebt. Nele und ihr Geburtstag, ihre Mutter, die Kinder und die eisige Kälte vor der Tür: vergessen. Wie ich die Pilze schneiden soll, habe ich mir auch nicht gemerkt. Ich muss meinen willenlosen Körper an der Tischkante abstützen. Er sieht mich von der Seite an, lächelt. Hat er mich je angelächelt? Ich will etwas sagen, weiß nicht, was. Ich wende den Blick ab, muss an transzendentale Meditation denken.

Das weißblonde Mädchen kommt angestürzt: «Paaaapa, komm schnell raus! Schnell!»

Neles Sohn hat stundenlang geübt, aus dem Stallfenster zu springen. Als er damit fertig war, hat ihn eine Wurzel gegen die eiserne Gartenbank stolpern lassen. Die klaffende Wunde an der Stirn schreit nach Nadel und Faden, aber das heulende Kind will nicht ins Krankenhaus, außer vielleicht nur mit Mama alleine.

Nele fährt mit ihm in die Kreisstadt. Die Gäste warten noch eine Weile, bis sie anruft: Verdacht auf Gehirnerschütterung. Sie bleiben über Nacht. Er fährt ihnen hinterher, mit Zahnbürsten und zweimal Ente mit Klößen in Plastedosen.

Auf der Rückfahrt ist Neles Mutter schweigsam. Diesmal sitze ich am Steuer, sie hat zu viel Geburtstagssekt getrunken. Es hat zu schneien begonnen, und ich muss mich konzentrieren auf die vereisten Straßen mit den Rehen. Wir starren beide in die Dunkelheit, kleben fast an der Scheibe, und dann habe ich doch etwas überfahren. Es ist ein Hase. Neles Mutter trägt ihn jammernd in den Wald.

In endloser Finsternis, im eisigen Schneetreiben warte ich am Auto. Ohne die Platzwunde wäre es diesmal beinahe passiert. Meine widerstandslose Erregbarkeit in seiner Nähe ist mir vor mir selbst peinlich. Ich habe ihn nicht mal berührt, weder zur Begrüßung noch zum überstürzten Abschied, aber die wenigen Minuten mit ihm in der Küche haben eine Welle in mir ausgelöst, die noch immer durch meinen Körper fließt. Wahrscheinlich bin ich berauschter davon als Neles Mutter vom Sekt.

Ich bin froh, als wir die Autobahn erreichen. Die Gefahr, in seinem Bett zu landen, ist vorbei. Ich habe dem Schicksal einen Hasen dafür geopfert.

ELENA

Wir wären aneinander vorbeigelaufen, im Tunnel zur U-Bahn, hätte sie nicht den Arm nach mir ausgestreckt, einen Schritt gemacht auf mich zu durch die strömende Menge und mich aufgehalten.

«Elena!» Ich umarme sie, dann sehen wir uns an. In diesem ersten Blick, wenn man jemanden wiedersieht nach langem: das Fragende, Zweifelnde, Suchende.

Das letzte Mal hatte ich sie gesehen mit langem hellblondem Haar. Jetzt sind da kurze dunkelblonde Locken. Sie ist größer als ich, aber sie hat so eine S-förmige Art dazustehen, lang, dünn und schlaksig, dass der Größenunterschied fast aufgehoben wird zwischen uns.

«Wo gehstn hin?», fragt sie und steckt die Hände in die Hosentaschen.

«Ich hab einen kleinen Laden zusammen mit meiner Schwester hier in der Nähe, den muss ich aufmachen. Kommst du mit?»

Elena hat Zeit und kommt mit. Wir gehen durch die Straßen mit den sanierten Häusern in Babypastell: Hellgelb, Hellblau und Rosa. Ich muss daran denken, wie wir vor Jahren zusammen durch diese Straßen gelaufen sind und uns gegenseitig fotografierten vor den verrußten Fassaden. Die Häuser hatten damals noch andere Gesichter. Wir auch. Sie gaben uns ein Gefühl für die Vergänglichkeit. Unsere junge Haut leuchtete triumphierend vor den abgeblätterten Berliner Wänden. Jetzt ist alles Alte freundlich verjüngt.

Ich sehe Elena von der Seite an. In ihrem zarten Gesicht mit den großen Augen hat die Vergänglichkeit die Jugendlichkeit eingeholt. Der melancholische Ausdruck scheint mir ausgeprägter als früher. Es ist, als würden die sauberen bunten Mauern triumphieren über unsere vergänglichen Gesichter.

Als ich Elena kennenlernte, war ich neunzehn und stand in einer Garderobe des Maxim-Gorki-Theaters. Sie zog ihr T-Shirt über den Kopf, und ich bewunderte ihre perfekten Brüste und ihre feine weiße Haut. Zwei geblümte Omakleider hingen an den Spinden. Mit Stecknadeln waren unsere Nachnamen am Kragen befestigt. Meiner stand an dem kürzeren Kleid. Ich sollte es anziehen und dann in die Maske. Elena schien dankbar zu sein, dass sie nicht alleine durch die Untiefen des düsteren Gebäudes gehen musste. Ihr Blick war so offen, dass es fast weh tat.

In der Maske bekamen wir Falten, Augenringe und Glatzen mit fusseligen Haaren. Dann saßen wir als Zwillingsomas in der Theaterkantine und warteten, bis die Inspizientin durch den Lautsprecher rief: «Die Doubles bitte auf die Bühne. Die Doubles bitte auf die Bühne.» Es war seltsam, so entstellt zu sein. Kaum jemand schien uns zu beachten, und erst das machte uns klar, wie sehr wir sonst beachtet wurden.

Neben dem Inspizientenpult warteten wir, dass die alte Schauspielerin von der Bühne kam, auch sie im Blümchenkleid, bloß die Falten, die uns mit Latex auf die Haut geklebt worden waren, trug sie wirklich im Gesicht. Elena stand auf der anderen Seite, und wenn sie links abging, dann trat ich von rechts auf. Wir stapelten abwechselnd, so schnell wir konnten, die Bühne mit hundert Stühlen zu. Dann trafen wir uns keuchend auf der Hinterbühne, stützten die Hände auf die Knie und sahen die echte Schauspielerin neben uns streng und würdevoll im Dunkeln stehen. Sie trat wieder ins Scheinwerferlicht und tat so, als sei sie außer Atem. Als die Feuertür hinter uns zufiel, sagte Elena, immer noch keuchend: «Die Alte könnte sich ruhig mal bedanken.»

Vielleicht lag es an Elenas anhänglicher Katzenart, dass ich sie fragte, ob sie bei mir einzieht. Ich wohnte in einem herrschaftlichen Backsteinhaus über einem der ersten Ostberliner Sexshops. Die Straße war eine Schleuse zwischen dem Touristenviertel, das in der Nacht lärmte und dampfte, und der wohnlichen Gegend, die nur bei Tageslicht lebte. Der Wind, der Verkehr, das Leben zogen unaufhörlich durch die kurze Straße wie ein strömender Fluss. Manchmal konnte man tagsüber eine halbnackte Frau in Strapsen und Korsage auf die andere Seite stöckeln sehen, zum Nähmaschinenladen gegenüber, weil ein Reißverschluss klemmte oder eine Naht geplatzt war. Die Fenster zum Hof waren mit rostigen Metallplatten vernagelt. Die Jungs aus der Wohnanlage in der Almstadtstraße kamen meistens zu uns zum Fußballspielen. Schon morgens hörten wir den Ball gegen die Metallplatten knallen. Das krachte wunderbar und nichts ging kaputt.

Ich lehnte am Küchenfenster, als die eiserne Tür aufsprang. Dahinter, breitbeinig, eine furchterregende Erscheinung: groß, breit, mit blondem Turm auf dem Kopf und in einer Bekleidung, die man Bekleidung nicht nennen konnte, zumal sie nicht korrekt saß – eine riesige Brust hing über ihrer Verankerung. Die Hände in die Hüften gestemmt, brüllte es aus einem saftigen Riesenmund: «Seid ihr noch janz dichte, oder wat? Hier arbeiten Leute drinne! Ick dreh euch glein Hals um, wenn ihr hier noch mal jegendonnert!» Und die Tür knallte wieder zu.

Die Kinder verließen verschreckt den Hof, ohne den Ball im Gehen auf die Erde zu tippen. Ich überlegte, ob die Jungs, wenn sie Männer wären, je einen Sexshop betreten würden, jetzt, wo sie wussten, was sie dadrin erwartete.

Elena zog ein, mit einer Matratze für den Fußboden und ein paar Kisten. Ich ging mit Schlüssel und Kleingeld zur Telefonzelle zwischen Kino und Theater. Als ich wieder in die Wohnung kam, war es, als wäre Elena schon immer da gewesen. Sie tanzte durch die Wohnung in Spitzenschuhen, drehte sich vor dem Spiegel im Kleiderschrank, hob das Bein mit Leichtigkeit in die Luft neben ihren Kopf und verbeugte sich vor der Küchentür.

«Wo sind denn deine Locken?», fragt Elena, und erst jetzt fällt mir auf, dass es ist, als hätten wir die Frisuren getauscht. Ich hatte dunkle Korkenzieherlocken, und ihr Haar war so glatt wie Schnittlauch gewesen.

«Die sind verschwunden seit dem Baby», sage ich und ziehe die Jalousien hoch. Während Elena sich im Laden die Lampen, den Schmuck und die Klamotten ansieht, koche ich Tee. Sie ist immer noch wie eine Katze, denke ich. Ihre Anwesenheit ist kaum spürbar, sie redet wenig. Es ist angenehm, sie um sich zu haben, aber es ist, als könnte sie jeden Moment verschwunden sein.

Ich bringe Tee. Sie ist noch da.

Wir sitzen mitten im Laden in den kleinen roten Sesseln, in denen ich gern sitze mit Leuten, die mich besuchen kommen. Oder mit «Creature», dem Obdachlosen, der immer Tee, Kekse und Geld will: «Hello Jetty, please give a cup of tea to an old sick bastard» – und mich mit herzzerreißenden schottischen Balladen bezahlt. Ich finde ihn unterhaltsam, aber meine Schwester wird sauer, wenn sie nachmittags kommt: «Du kannst hier nicht die ganzen kaputten Leute reinlassen!»

Elena zieht ein Kleid aus grauer Spitze an. Das Vormittagsfrühlingslicht langweilt sich auf der leeren Straße und legt einen breiten Leuchtstreifen durchs Schaufenster, in dem der Staub tanzt.

«Gemütlich, euer Laden», sagt Elena. Ihre Wangen sind eben, nicht mehr leicht nach außen gewölbt wie früher. Ihre großen Augen liegen tiefer in den Höhlen, und ihre kleine Oberlippe sitzt wie ein Krönchen spitz auf der ovalen Unterlippe.

Elenas Körper ist reifer geworden, das fällt mir auf, während sie sich versonnen vorm Spiegel dreht wie damals, als wir uns stundenlang umziehen konnten vor meinem alten Kleiderschrank. Das Zimmer, in dem wir zusammen

135

wohnten, war groß wie ein Tanzsaal, lichtdurchflutet, mit Parkett und Erker. Wir hatten kaum Möbel, nur das riesige Bett und den alten Kleiderschrank mit unseren Klamotten, von denen wir irgendwann kaum noch wussten, wem mal welches Stück gehört hatte.

Im Winter hatten wir immer staubiges Haar vom Kohlenschleppen. Wir heizten den gelben Kachelofen an. Das knackte, knisterte, roch nach Holz und Kohlenglut. Dann heizten wir den Badeofen, um uns den Ruß aus dem Haar zu waschen, und das Wasser hatte eine seltsam weiche Wärme. Es war schön, mit Elena zu baden, wir wuschen uns gegenseitig die Haare und strichen uns Seifenschaum über die Haut.

Mit nassem Haar lag Elena nach dem Baden auf unserem Bett, einen Apfel in der einen Hand, Zigarette in der anderen, und sah durch das Erkerfenster dem Schnee zu, der durch die zugige Straße stob. Seit sie bei mir eingezogen war, hatte sie nur zwei Nächte in ihrem eigenen Zimmer, in ihrem eigenen schmalen Bett geschlafen. Schon am dritten Abend war sie einfach in meinem liegen geblieben nach dem Fernsehen zwischen den vielen Decken und Kissen auf ihre liebesbedürftige, unabhängige Katzenart.

Aber das störte mich nicht. Wenn ich nachts einen Mann mit nach Hause brachte, ging ich mit ihm ins andere Bett, weil sie in meinem lag. Elena konnte eifersüchtig werden, falls der Mann, mit dem ich die Nacht verbracht hatte, morgens noch beim Frühstück saß. Dann war sie mürrisch und eingeschnappt. Die Männer waren an dem bezaubernden Wesen, das lautlos beleidigt durch die Zimmer stolzierte, oft interessierter als an mir. Bloß sie schien das nicht zu registrieren.

Elena brachte keine Männer nach Hause. Sie ging mit ihnen mit. Sie war ständig auf der Suche und ständig verzweifelt: zu viele Pflichten, zu wenig unterhaltsame Menschen, zu viel Langweile! Wenn wir in einer Kneipe saßen, sah sie mit einem Blick, wer nicht zum Pinkeln aufs Klo ging. Dann ging sie hinterher und bekam etwas ab. Drogen, Sex, egal. Elena schien an ihrem Leben nicht sehr zu hängen. Sie wollte keine Kinder. Sie rollte sich zusammen, wo es warm war, ging zu jedem hin, der sie streichelte, und ging wieder weg, wann sie wollte.

Es gab aber jemanden, der hing an ihr. Er liebte sie, und Elena ignorierte ihn. Sein Nachname war Beckmann, er wurde Bex genannt, und Elena sagte, sie finde ihn total unerotisch. Aber sie brauchte ihn, damit er sie anhimmelte und für einen guten Menschen hielt. Das war ihr heilig. Bex hatte wohl mal gehört, wie sie sagte: «Ich schlafe mit jedem Mann, der auf meiner Bettkante sitzt und Gitarre spielt. Egal, wer das ist.» Irgendwann saß auch er mitten in der großen Sonne, die auf die Decke gestickt war, und als er anfing, Gitarre zu spielen, hatte Elena sich schon um ihn herumgeringelt. Ich konnte ihm am nächsten Tag ansehen, dass er sich den Sex aufregender vorgestellt hatte. Und Elena verdrängte die gemeinsame Nacht.

Wir hatten kaum Geld und brauchten auch keins. Elenas Eltern zahlten die Hälfte unserer Miete. Ohne einen Cent gingen wir abends los. Wenn keine Freundin am Kinoeinlass stand, ließen wir die Jacken eine Etage tiefer im Varieté. Wir hatten herausgefunden, dass man ohne Jacken und Taschen einfach am Einlass vorbeigehen konnte, wenn man aus der Toilettentür kam. Danach gingen wir runter ins Bistro, um uns die übriggebliebenen Baguettes geben zu lassen, und bekamen dazu den Rest Tagessuppe aufgewärmt. Wir aßen allein in dem teuren Restaurant, zogen die Füße hoch für die Putzfrau und kamen uns vor wie weggelaufene Prinzessinnen.

An der Spree gingen wir da entlang, wo es den Touristen zu düster war. Wir popelten für die Enten unsere Baguettes leer, saßen auf dunklen Spielplatzschaukeln und balancierten auf dem Ufergeländer. Der Nachtclub kostete keinen Eintritt, weil meine Schwester hinter der Bar stand und die Betrunkenen für unsere Getränke mitbezahlen ließ. In warmen Sommernächten trugen wir nichts am Leib als unsere Kleidung. Wir legten den Wohnungsschlüssel in ein Loch in der Hausflurwand, von der sich ein Stück Holzverkleidung abnehmen ließ. Wir kamen uns frei vor in diesen Straßenkatzennächten: Wir fühlten uns so sicher wie wilde Tiere im Reservat.

HASENZÄHNE

Olena hakte mir die Federkorsage zu. Vor der Show saßen wir an der Bar zwischen Kellnern und Artisten, die sich, noch in Privatkleidung, nicht voneinander unterschieden. Dann zündeten die Kellner achtzig Kerzen an auf achtzig Tischen, die Artisten übten ihre Nummern am Trapez, jonglierten auf der Bühne, und die Bauchtänzerinnen machten sich warm im Hauptgang. Alles summte gedämpft vor sich.

Ich sollte das Varietépublikum vor der Show und in der Pause unterhalten mit Hasenzähnen und anderen Scherzartikeln. Als der Saal sich mit Publikum zu füllen begann, das Licht bunt wurde, die Musik laut und die Atmosphäre hektisch, ließ ich den schweren Bauchladen auf die Tische krachen, schob Biergläser beiseite und lispelte hinter riesigen Hasenzähnen: «Wie wäre es mit einer praktischen Gabel, mit der man von fremden Tellern essen kann …?» Dabei zog ich die Teleskopgabel auseinander, stach in die Brezel auf dem Nachbartisch und legte sie auf einem anderen Tisch wieder ab. Ich zog den kleinen Specht mit Saugnapf auf, drückte ihn auf eine Glatze und ließ ihn gegen die Stirn hämmern, hielt eine echt wirkende glühende Zigarette zwischen den Fingern und drückte auf den mit Wasser gefüllten Ballon in meiner Handfläche.

Mit Freundlichkeit war nichts zu verdienen. Dass es so wirken musste, als hätte ich Spaß daran, die Gäste zu ärgern, und nicht so, als würde ich ihnen etwas verkaufen wollen, hatte ich schnell herausgefunden. Mit der Zigarettenattrappe spritzte ich älteren Männern die Anzughosen vorne nass, und der ganze Tisch bog sich vor Lachen. Wenn ich zu den Frauen freundlich war, konnte ich mit ihren Männern machen, was ich wollte. Ich ließ rollende Augäpfel in Biergläser fallen, steckte den Gästen riesige Sicherheitsnadeln in die Nase, setzte ihnen Kompottschalenbrillen auf und klemmte ihnen den Daumen in einer als Kaugummipackung getarnten Mausefalle. Das Bier und ich hatten die Aufgabe, sie in jenen albernen Zustand zu versetzen, in dem sie über alles lachen konnten.

Meine Respektlosigkeit vor den Machtmenschen nahm mit jeder Bauchladenschicht zu. Es war, als kämen vor allem Geschäftsleute und Manager, um die einmal erworbene Würde wieder zu verlieren. An manchen Abenden fühlte ich mich wie eine Domina. Ich verachtete die Zuschauer für ihr Bedürfnis nach Demütigung, verachtete sie dafür, dass sie mir die Kramkiste leer kauften, obwohl ich so unverschämt zu ihnen war. Manchmal erschreckte es mich, wie leicht ich die normalen Menschen unter den Gästen übersah, diejenigen, die nicht gekommen waren, um sich erniedrigen zu lassen. Dann stand ich plötzlich fragenden Augen gegenüber und wusste, dass meine Show an diesem Tisch nicht funktionieren würde. Ich ließ ein paar Plasteteile liegen – «Schenk ich euch» – und ging schnell weiter.

Während der Show saß ich im Rang bei den Beleuchtern, sah den Inder wieder und wieder die Mitternachtsshow eröffnen. Er spielte berühmte Slapsticknummern nach, von Laurel & Hardy, Charlie Chaplin, Buster Keaton und den Marx Brothers. Er stand dabei auf einer Plastikplane und veranstaltete eine Riesensauerei mit Schlagsahne, Eiern, Tomaten und Schwarzwälder Kirschtorte. «IT'S NOT FUNNY WHEN I PUT MY FACE INTO A SWARZ-WÄLDER KIRSTORTE, LADIES AND GENTLEMEN!», schrie er das Publikum an, das vor Lachen brüllte. Er erklärte, dass er, als Inder, wirklich nicht verstünde, wie man über so etwas Niederträchtiges lachen könne.

Nach der Nummer ging ich hinter die Bühne, um Wadim zu suchen. Der war immer dann verschwunden, wenn er das Trapezseil herunterlassen musste. Ich entdeckte Elena bei den Musikern, Clowns und Alleinunterhaltern in der Garderobe am Heizkörper. Als ich sie nach der Show abholen wollte, saß sie auf dem Schoß des Conférenciers. Er nahm sie mit in die Gästewohnung, und ich ging alleine nach Hause.

Nach ein paar Wochen war die Show abgespielt, und er war aus ihrem Leben verschwunden, aber das schien Elena nicht viel auszumachen. Sie schien mehr an dem Ort zu hängen als an den Menschen darin. Wadim hatte wohl das Gefühl, sich kümmern zu müssen, und überredete sie zu einer Probeschicht an der Bar. Über die Köpfe der Gäste hinweg sah ich Elena ein Tablett mit Bier um die Ecke tragen und dabei auf die Gläser starren. Nur darf man nicht auf die Gläser achten, man muss achten auf den Weg. Jemand kam ihr entgegen. Elena kippte sich vor Schreck alle Biere in den Ausschnitt.

Später sah ich sie Gläser polieren, und sie sah unglücklich aus. Das war nicht ihre Welt, kein Ort für eine Katze, die sich hinter der Bühne zu Hause fühlt, dachte ich. Unter den Barmädchen gab es Artistinnen und Tänzerinnen, die in der aktuellen Show nicht mitspielten. Die anderen studierten oder machten irgendwelche Ausbildungen. Elena war keine Studentin, keine Schülerin mehr und nicht mehr Tänzerin. Sie war nur ein Mädchen, das am Leben war und nicht wusste, wozu.

Als es mitten in der Show laut klirrte und gar nicht mehr aufhören wollte zu klirren, wusste ich: Elena hatte beim Abstellen des letzten polierten Glases alle anderen runtergerissen, mitsamt der Glasplatte, auf der sie standen. Mit ihren Händen konnte sie nichts anfangen. Ihre Hände sahen schön aus, wenn sie rauchte, zum Arbeiten aber waren sie ungeeignet.

Ich fand sie hinter der Bühne bei Wadim. Sie lag auf der Fensterbank und weinte. Wadim hatte die Schnittwunde verarztet und massierte ihre Schläfen. Er redete in gebrochenem Deutsch auf sie ein wie auf ein Kind, versuchte sie abzulenken von ihrer Verzweiflung. Wadim kam vom Moskauer Staatszirkus.

«Weißt du, ich kenne mich nicht nur mit weinenden Frauen aus, ich kenne mich auch aus mit sehr großen Tieren.» Er erzählte, wie man ein Kamel dazu bringt, wieder aufzustehen, wenn es sich auf den Dompteur gelegt hat – «Man muss ihm seitlich in den Hals beißen» –, er kniff

142

Elena in die Stelle unter dem linken Ohr. Elena musste lachen.

Wadim war lieb, er war die Seele des Hauses. Er hatte viele Frauen gekannt, die jung und schön gewesen waren, bevor die Unterhaltungsbranche sie aufgezehrt hatte. Er sorgte sich um Elena wie damals, als junger Mann, um die eigene Frau. Warum sie nicht mehr lebte, war aus ihm nicht herauszubekommen. Er habe sie nicht retten können, sagte er nur, und dass sie ausgesehen hatte wie Elena.

Im Varieté gab es keinen Job ohne Hände für Elena, und seit Wadim von seiner Frau erzählt hatte, ging Elena nicht mehr oft in die Garderobe. Wenn ich nach Hause kam, saß sie in unserer Küche auf dem Fensterbrett, in eine weiße Wolldecke gehüllt, Schultern und Füße nackt, und sah über die Höfe in die Berliner Nacht. Der Zigarettenrauch verflüchtigte sich bläulich im Schwarz. Elena deutete mit dem Kinn auf eine rosa Tüte, die auf dem Küchenfußboden lag. «Die liegt hier schon seit Tagen. Muss durchs Fenster reingeweht sein.»

Ich lehnte meinen Kopf an ihre Schulter und merkte, wie elend müde ich war.

Vielleicht war Elena sich damals vorgekommen wie die einsame rosa Tüte, die sich herumpusten ließ, für die sich niemand verantwortlich fühlte, weil sie niemand dorthin gelegt hatte. Jeden Abend saß sie im Fenster und rauchte. Es sah aus, als würde sie den Nachtwind fragen, wo sie hingehörte. Elena schien manchmal überfordert von ihrer bloßen Existenz. Sie strahlte eine herrenlose Einsamkeit aus, auch wenn sie mittendrin war im Leben.

Ich blieb vier Jahre im Varieté, bis ich abends auf der

Beleuchtungsempore stand, in den Saal hinuntersah und plötzlich erschrak bei der Vorstellung, hier hängenzubleiben. Ich wusste, dass zu der Leichtigkeit, die für zwei Stunden am Abend auf die Bühne gezaubert wurde, ein strenges Leben gehörte. Varietékünstler waren disziplinierte Arbeiter, hart gegen sich selbst, für den Traum vom Zirkusleben.

Ich ging in die Garderobe, hakte die Korsage zu, zog die Netzstrumpfhose an und darüber den durchsichtigen Tüllrock, setzte mir das grüne Chamäleon aus Leder und Schaumgummi auf den Kopf. Beim Blick in den Spiegel dachte ich: Der Zirkustraum passt nicht zu dir. Ein letztes Mal tupfte ich Glitzerpulver auf meine Wangen, schnallte den Bauchladen um und setzte die Hasenzähne ein.

An diesem Abend machte ich meinen Frieden mit den Gästen. Ich verkaufte fast nichts, aber ich vergab dem Publikum, dass es am liebsten über die blödesten Witze lachte. Schließlich hatte ich meine Stänkerrolle auch nicht ungerne gespielt.

ANS THEATER

Er machte Lichtshows im alten Schwimmbecken der Hochschule, und ich half, riesige Wände dafür zu bauen. Tagelang hatte ich Zettel entworfen, die ich in sein Schließfach stecken wollte. Ich dachte mir Rätsel aus, Witze, mal kühl, mal geheimnisvoll, mal ganz offen. Nachdem ich mich mit Elena beraten hatte, schrieb ich einfach: *Kaffee trinken um drei?*

Am Altar!, stand auf dem Zettel, der am nächsten Tag in meinem Fach lag. Eine Textildesign-Studentin hatte in der Mensa einen buddhistischen Altar aufgestellt, mit einem Dildo anstelle eines Buddhas.

Eine Woche später zeigte ich ihm meine siebzehn Zettelentwürfe. Er lachte, küsste mich und sah mich an, als hätte er mir einen kleinen Hund geschenkt. Aber er verliebte sich nicht in mich. Ob ich trotzdem mit ihm schlafen würde, fragte er, und es war mir lieber, als ihn gar nicht mehr zu sehen. Als ich ihn mitnahm in Elenas Bett, stellte ich fest, dass ich bis dahin nur mit beschnittenen Männern geschlafen hatte. Er war unbeschnitten, und es war irgendwie anders. Es war besser.

«So is eben richtig», sagte er grinsend.

Elena und ich lagen schon im Bett, als er klingelte. Das riesige Erkerfenster überm Bett hatten wir weit geöffnet, damit wir über den Häusern in die Sterne sehen konnten. Ich stand auf, drückte den Summer, öffnete die Tür und stand nackt und unschlüssig im Flur. Ich wollte nicht in Elenas Bett und ging einfach zurück in meins.

«Hallo?», flüsterte er.

Elena griff nach meiner Schulter, sah mich fragend an, schüttelte den Kopf. Ich antwortete nicht. Er tastete unser Bett ab, fand uns beide, legte sich in die Mitte, und dann wusste niemand mehr genau, welche Hand zu wem gehörte.

Die Nächte zu dritt waren nach Elenas Geschmack. Sie schien es gut zu finden, dass er mein Freund war und nicht ihrer. Elena wollte keine Verbindlichkeiten. Solange niemand etwas von ihr erwartete, machte sie alles mit. Es war ihr egal, wer sie streichelte. Sie wollte nur teilhaben, dabei sein und zu nichts verpflichtet. Sie fand, dass ich mich zu leicht beeindrucken ließe.

«Aber seine Eichel fühlt sich manchmal an wie 'ne Kugel, die sich in mir dreht.»

Elena lachte: «Das sag ihm lieber nicht. Der denkt noch, er ist der Einzige, der's richtig hinkriegt bei dir.»

«Ist er ja auch», sagte ich.

Elena verdrehte die Augen und schnaufte verächtlich über meine Unerfahrenheit.

Und dann verliebte er sich doch. Aber nicht in mich, sondern in Elena. Und er sagte es nicht ihr, sondern mir. Wir hatten in der Küche gesessen, er konnte mir nicht in die Augen sehen, und ich wusste, dass es vorbei war. Er war unglücklich, und das passte irgendwie nicht zu seinem kühlen Selbstbewusstsein.

Elena blieb in ihrem Zimmer, bis er weg war. Erst in der Nacht kam sie leise über die knarrenden Dielen, setzte sich auf meine Bettkante und flüsterte: «Bist du jetzt sauer?» Ich streichelte ihren Arm und war irgendwie froh, dass alles wieder so war wie vorher.

Ich wurde Ausstattungsassistentin für ein Stück, für das Tänzerinnen gesucht wurden. Elena bewarb sich und war dabei, war wieder da, wo sie sich wohl fühlte: hinter der Bühne, in den Garderoben, wo es nach Schminke roch, nach Staub und Bühnenluft. Wieder ließ sie sich von Männern mitnehmen nach der Vorstellung, und wieder schien es ihrer Seele nichts anhaben zu können.

Elena hat die langen Beine im Sessel angezogen, pustet in ihre Teetasse. Das graue Spitzenkleid steht niemandem so gut wie ihr. Wieder rede ich mehr als sie, und ob es sie interessiert, ist nicht ganz klar. Sie ist mir fast so vertraut wie früher, aber irgendetwas ist anders, eine Traurigkeit liegt in ihren Augen, und ich weiß nicht, wie ich danach fragen soll.

«Geht es dir gut, Süße?»

«Im Moment geht's mir richtig gut.» Sie lächelt. «Mein Vater hat mir das kleine Haus an der Ostsee überlassen. Ich mach viel Musik. Und du? Bist bestimmt glücklich mit dem Baby. Siehst so aus.»

«Kannst du dich an Nele erinnern, die Schauspielerin? Sie hat uns mal besucht in unserer Wohnung damals.»

Elena nickt. «Ja, bisschen.»

«Ich hab sie auf dem Dorf besucht. Da war's so schön, mit den vielen Kindern. Als ich wieder hier war, kam mir mein Leben total bescheuert vor.» Ich öffne die Tür und stelle Stühle auf den Bürgersteig. Wir setzen uns raus, und Elena lehnt den Hinterkopf an das Schaufenster. «Danach bin ich schwanger geworden. Und jetzt mach ich den Laden hier, und meine Schwester näht Klamotten.»

Elena hält ihr Gesicht in die Sonne, und sie raucht nicht. Das fällt mir jetzt erst auf.

«Bex hat gesagt, du hast 'ne Band?»

Elena springt auf.

«Ach, du Scheiße, den hätt ich fast vergessen. Ich muss los.» Sie geht zurück in den Laden, zieht das graue Kleid wieder aus. Den Kabinenvorhang lässt sie offen. «Wir spielen am Wochenende in 'nem kleinen Club in Mitte. Kommst du?» Nur in Tanga und BH zeigt sie zur Decke. «Ich will auch so 'ne Lampe.»

Ich sehe Elena wegschlenkern mit ihrer Lampe, und sie kommt mir nicht mehr so verloren vor. Sie scheint angekommen zu sein, irgendwo.

Der Club ist voll. Elena steht auf der Bühne im beigen Seidenminikleid mit Nudelträgern, richtet das Mikro ein, auf langen Beinen, in hohen Schuhen und S-förmiger Haltung. Ich finde Bex in der Menge. Wir setzen uns an die Bar, und er sagt, er sei froh, dass Elena jetzt wieder so gut aussieht.

«Wieso sah sie denn schlecht aus?»

Bex zieht die Augenbrauen hoch.

«Na, sie hatte Krebs.»

Es sticht in meinem Magen, als Bex erzählt, dass der Krebs sich in einer ihrer Brüste eingenistet hatte: «Jetzt hat sie 'ne unechte. Sie war ein halbes Jahr im Krankenhaus. Da hat sie Keyboard gelernt, Songs geschrieben und aufgenommen. Im Moment hat sie 'ne Menge Auftritte. Solo und mit Band. Nach der Chemo hat sie die Locken gekriegt.» Bex sieht an mir vorbei zur Bühne.

Die Katze, die eigentlich eine Frau ist, hat sich immer nehmen lassen, denke ich. Was sie sich genommen hat, war nicht mehr, als sie zum Leben brauchte. Jetzt steht sie da, singt, verschenkt ihre Seele und macht keine große Show. Vielleicht hängt sie nicht am Leben, aber das Leben hängt an ihr.

Ein Exfreund verabschiedet sich mit Kuss und Umarmung, als wir später zusammen an der Bar sitzen. Er streichelt ihr die nackte Schulter. Als er weg ist, frage ich, warum sie sich getrennt haben.

«Nachdem wir den Krebsscheiß zusammen durchhatten, war die Beziehung im Eimer», sagt Elena und zuckt mit den Schultern. «Wir haben uns an dem Tag meiner letzten Chemo getrennt.» Sie zupft mit langen Fingern an ihren neuen Locken.

«Bex hat mir davon erzählt», sage ich.

«Na ja, jetzt ist es erst mal vorbei. Mit Trinken und Rauchen leider auch. Ein bisschen Kiffen, das geht, sonst würd ich es nicht aushalten», sagt sie, lacht und dreht sich einen Joint mit einer Geschicklichkeit, die ich ihr gar nicht zugetraut hätte.

Sie raucht versonnen, das Kinn in die Hand gestützt, und dann lächelt sie mich an. Einfach so. Ich nehme ihr das Versprechen ab, mich zu jedem Auftritt einzuladen, auch wenn er noch so klein ist.

Elena, die immer die Jüngere gewesen ist, die Unvernünftigere, kommt mir jetzt viele Jahre reifer vor. Ich spüre, dass ich keine Ahnung davon habe, was sie jetzt weiß vom Leben.

ZUHAUSE

Im Schlafzimmer rauscht die große Hofpappel vor dem weit geöffneten Fenster. Unter den Decken ertaste ich mein Kind und meinen Mann. Ich lege mich neben den kleineren der beiden Köpfe. Die Haut sieht wie Wachs aus. Fusseln kleben auf der Stirn, winzige Schweißperlen auf der Nase. Der Mund, halb offen, entblößt einen winzigen abgebrochenen Zahn. Ein Speichelfaden zittert über dem Rosa und in den Nasenlöchern der Rotz. Ein Fell aus samtigen Härchen liegt auf dem zart pulsierenden Hals. Mein Kind riecht nach Milch und Keksen, süßsauer. Schwer und ergeben liegt es da, mit erhobenen Fäusten neben den Ohren. Das ist seltsam, denke ich, das ist ein Wunder, dass es daliegt und atmet und so aussieht wie Peter.

Als ich mich vom Tinnitus erholt hatte, war er plötzlich da gewesen, Peter, den ich schon viel früher hätte sehen können. Es war eine unspektakuläre Begegnung. Ich traf ihn im Biergarten, auf einem Geländer neben einem Freund, und erzählte ihm von dem Theaterstück im Zelt nebenan. Die beiden hatten über dem Bier vergessen reinzugehen, obwohl sie deswegen gekommen waren. Peter sagte, er würde es am nächsten Tag noch einmal versuchen, und ich kam wieder, um ihn zu sehen. Das Stück interessierte mich nicht und ihn auch nicht. Er war meinetwegen wiedergekommen, wie er später sagte, als wir in einer anderen Bar saßen und er mir die Locken aus dem Gesicht schob.

Wir schlossen ganz selbstverständlich unsere Fahrräder aneinander, teilten ganz selbstverständlich das Geld aus dem Sparkassenautomaten, und genauso selbstverständlich wäre ich schon am ersten Abend mit ihm ins Bett gegangen, wenn er mich nicht nach Hause geschickt hätte. Nach einer Woche erst kam er mit.

Der Sex war beim ersten Mal belanglos, und ich gab mir Mühe, nicht enttäuscht zu sein. Aber von Nacht zu Nacht wurde es besser, und irgendwann war es erlösend. Ich dachte nicht mehr an unvorteilhaftes Aussehen in unvorteilhaften Positionen, daran, ob mein Bauch Falten schlug oder meine Brüste hingen. Ich presste mein Gesicht in sein Gesicht, und alles war nass vom Schweiß. Im Badspiegel sah ich mich wie im Fieber. Nur widerwillig wusch ich mir den Sex von der Haut. Ich wollte den Geruch nicht hergeben.

Über meine eigene Hemmungslosigkeit war ich erstaunter als Peter. Zum ersten Mal erlebte ich einen doppelten Orgasmus, den einen, den ich allein, mit nur einem Finger, hinkriegte, und dazu den anderen, tief im Inneren, rauschhaft, langanhaltend. Es war, als würde Peters Höhepunkt sich in mir ausbreiten wie eine Welle.

Dass ich ihn liebe, wusste ich an dem Abend, als ich unterm offenen Fenster lag und der Regen in mein

Gesicht sprühte. Die Straßenbahn klang wie Donnergrollen. Aus dem Theater würde er durch die nasse Nacht kommen, und ich freute mich darauf, wie er dann riechen würde, dampfend, nach Haut und Haaren, mit beschlagener Brille. Ich freute mich darauf, dass wir irgendwann, in ein paar Jahren, alles voneinander wissen würden.

Bei einem Frühlingsausflug mit den Rädern waren wir in einem Restaurant am Wasser gelandet. Die Decke war mit langen weißen Stoffbahnen abgehängt für den gemütlichen Eindruck. Peter zeigte nach oben. «Wenn wir Kinder hätten, könnte man denen erzählen, dass da nachts die Kellner drin schlafen.» Da wusste ich, dass er der Vater war, den ich wollte für meine Kinder. Der, den ich nicht gehabt hatte. Meine Kinder sollten ihn haben.

Ich krieche unter die Decke zwischen die beiden Menschen, die zu mir gehören, und stelle mir vor, wie meine Anwesenheit durch ihren Schlaf dringt, wie die Gerüche und Geräusche langsam zusammenfinden, bis es schließlich ankommt in den schlafenden Gehirnen: dass ich hierhergehöre, zu ihnen, in dieses Bett.

Am nächsten Morgen kommt Peter mit der Post hoch und mit Brötchen. Er dreht einen Brief zwischen den Fingen. Ein kurzer, misstrauischer Blick trifft mich, als er mir den Umschlag gibt. Der ist, in meiner Handschrift an den Bildhauer adressiert, zurückgekommen, weil ich versehentlich eine Postkartenmarke draufgeklebt hatte. Seit meinem ersten Besuch im Mühlhaus schicke ich ihm meine Fotos: die Frau im Festkleid, die eine Wurzel über eine neblige Wiese schleift; eine Straße in einer polnischen Stadt, mit Hochhäusern und kaputten Bretterbuden, über die Qualm zieht; ein Selbstporträt im halbblinden Spiegel mit Kronleuchter. Dass ich darauf geachtet hatte, dass Peter davon nichts merkt, wird mir jetzt erst bewusst. Es war ein bisschen wie Fremdgehen, die Bilder auszudrucken auf handgeschöpftem Papier, matt pulverig wie Schmetterlingsflügel, und sie in einen Seidenpapierumschlag zu stecken. *Liebe Grüße Jette.*

Auf dem Weg zum Kindergarten stehe ich an der Kreuzung, warte auf die Ampel, und es kommt mir vor, als hätte ich mein halbes Leben lang gewartet auf irgendetwas oder irgendwen. Die Kirchturmglocken schlagen, wollen mir die Jahre vorzählen, in denen ich schon warte, ohne zu wissen, worauf.

Das Kind geht auf Beinen, die kürzer sind als meine Unterarme, und es erkennt nicht die Notwendigkeit, Wege zurückzulegen. Ich nehme es auf die Schultern, und mir fällt ein, wie ich als Kind selbst auf Schultern gesessen, mich an Köpfen fest-, Augen zugehalten habe. Damals, als ich noch auf nichts gewartet habe.

In der Fotoschule treffe ich den Galeristen. Er zieht eine Einladung aus der Tasche. Darauf der Name des Bildhauers, darunter eine rote Tonfigur in tanzender Haltung. Ich glaube, das weißblonde Mädchen zu erkennen.

«Brauchst du noch Musik für die Vernissage?», frage ich und kritzle ihm Elenas Telefonnummer auf einen Zettel. «Die wird dir gefallen.»

Er wedelt mit dem Papier. «Ruf ick an», sagt er im Weggehen.

Ich starre auf den Flyer, bin in Gedanken draußen bei ihm, sehe den bärtigen Mann vor mir im weißen Atelier, die Fingerspitzen im samtig roten Ton, über ihm das bedrohliche Mühlrad und um ihn herum Frauen und Kinder und Pflanzen und Tiere. Und alles, was er will, ist, dass sie auskommen mit ihm und miteinander.

LUXUS

Er sitzt mir gegenüber am Küchentisch, und ich überlege, welche der möglichen Reaktionen auf sein Geständnis meine eigene ist: Ich könnte wütend sein, ich könnte kalt sein. Oder traurig. Ich kann mich nicht entscheiden.

Eine Frau habe sich in ihn verliebt, sagt er. Eine aus dem Theater. Das sei auch an ihm nicht ganz vorbeigegangen. Aber: «Ich will dir nicht weh tun, ich will dich nicht verlieren, ich gehöre zu dir. Das hab ich ihr gesagt.»

«Mhm», sage ich. Mehr fällt mir nicht ein. Ich weiß nicht genau, ob es mir weh tut. Im Moment tut mir nur weh, dass er sich so damit zu quälen scheint. Es ist absurd, ihm helfen zu wollen.

«Ich fahr mal aufs Land», sage ich und ziehe meine Hand weg, die er gegriffen hat. Im Frühling muss ich raus. Weg von Straßen und Autos und Häusern, weg aus der Stadt, um das Wetter zu fühlen, um auf der Erde zu gehen, aufzublühen wie alles, was an die Sonne will. Ich will den Himmel sehen, und ich will Luft um mich herum.

Ich untersuche mein Gefühl. Angst ist da keine. Es ist, als hätte er ein Stück von meinem Herzen immer bei sich,

156

und ich weiß, dass es gut aufgehoben ist bei ihm. Dass ich mir so sicher bin, wundert mich selbst.

Ich werde zu Nele fahren, diesmal als Mutter, ich will ihr zeigen, dass ich das auch kann, Mutter sein, mit derselben Selbstverständlichkeit, die ich an ihr bewundert habe. Und ich will ihn wiedersehen, diesmal als Frau, die einen anderen Mann liebt, und herausfinden, was mich fasziniert hat an ihm. Sehen, ob es noch da ist. Ich will wissen, warum er mich verfolgt hat, bis hierher, bis in mein Leben mit Peter.

Ich soll kommen. «Unbedingt», sagt Nele am Telefon. «Wir eröffnen an Ostern im Stall eine Kneipe.»

Im Bahnhofscafé gegenüber: ein Paar im Trennungsgespräch. Sie nimmt seine Hände, sieht ihn unter Tränen an. Er sieht weg, als könnte er ihren flehenden Blick nicht mehr ertragen. Jetzt starrt sie verzweifelt auf seine Stirn. Ich kann kaum hinsehen, denke: Wann hören die endlich damit auf? Nach einer halben Stunde spielen sie dasselbe Spiel noch immer. Mir wird schlecht. Ich rette mich in meinen Zug.

Niemand am Bahnhof sieht aus wie Nele. Niemand so bunt und so schön. Menschen in farblosen Gummistiefeln und farblosen Vliespullovern sehen ihr unverhohlen hinterher, ein Publikum, das sich selbst für unsichtbar hält. Sieht zu, wie wir uns begrüßen, wie wir ins Auto steigen, abfahren.

Im Auto erzählt Nele von der Kneipe. «Er wollte das ja schon seit Jahren. Jetzt hat er jemanden gefunden … oder nee, eigentlich hab ich Randolf gefunden. Der hat den Stall neben meinem Haus umgebaut und kümmert sich um alles. Ich hoffe, dass auch die Leute aus dem Dorf kommen, damit wir ein bisschen mehr Kontakt zu den Sturköpfen haben.»

Ich trage Kind und Tasche ins Gutshaus. Inzwischen gibt es ein salonartiges weißes Zimmer im Erdgeschoss, mit Korbmöbeln, Spitzendecken, hohen Pflanzen, weißen Gardinen und einem weißen Kachelofen. Die anderen Zimmer sind immer noch romantisch verrumpelt, die Kinderzimmer in Pastelltönen, voller Kissen, Decken und Dekorationen.

Elli hat einen eigenen Eingang ins Gutshaus und eine eigene Wohnung, die ganz anders ist als die von Nele. Ordentlich, gemustert und abwaschbar. Das Gästezimmer liegt an der Ecke. Es stehen ein altes Bett aus Metall, ein Hocker und eine Pflanze darin. Aus meinem Fenster kann ich das Mühlhaus hinter den Bäumen erkennen.

Über den Reflex, Peter anzurufen, erschrecke ich. Fast hätte ich die fremde Frau vergessen. Ich werde ihn dieses Wochenende nicht anrufen, und ich werde versuchen, nicht an ihn zu denken. Ich will ganz hier sein.

Die fünf Kinder fotografiere ich im weißen Zimmer beim Fernsehen auf dem Sofa. Ein Kind hängt kopfüber, eines sitzt mit verknoteten Armen und abwesendem Blick in den weichen Kissen, das dritte lässt die langen Stöckerbeine über die Armlehne baumeln, und die beiden Kleinen von Magda sitzen auf dem Fußboden, essen Stullen und Äpfel von einem großen Brett.

Im Stall wird noch gebohrt und gesägt. Mein Kleinkind auf dem Arm, folge ich dem Lärm. Nele zeigt auf zwei geschnitzte Eingangspfeiler. «Die hat Jessi gemacht.» Ein

Kaminofen steht in der Mitte des großen Raumes und zwischen den Holzbalken: Tische und Stühle vom Antik. Die Bar ist aus Motorradschrott zusammengeschweißt. An den Wänden hängen historische Emailleschilder. Ich bezweifle, dass die Dorfbewohner dieselbe Vorstellung von einer Kneipe haben wie die Künstler-Städter.

Randolf hat aufgehört zu bohren und drückt mir kräftig die Hand. «Künstler-Städter gibt's immer mehr in der Gegend. Hat die vom Existenzgründungsseminar im Arbeitsamt auch gesagt. Oh Gott, die kommt morgen zur Eröffnung», sagt er und gibt mir einen Flyer. Darauf steht, dass es Livemusik geben wird: *Elena solo mit Akkordeon.* Für einen Moment bin ich stolz, dass ich Elena offenbar schon zwei Auftritte vermittelt habe.

Als Nele Magdas Kinder nach Hause fährt, steige ich mit ein, nehme mein eigenes auf den Schoß für den Traktorweg durch die Felder. Magda sitzt auf der Schwelle und telefoniert. Sie nickt abwesend, wirft mir einen stummen Gruß zu. Ihr Haus ist holzverkleidet und efeubewachsen. Im kleinen, ordentlichen Garten: ein Baum, ein Tisch, drei Stühle, Wäscheleine.

Ich folge Nele in die Küche. Alles ist sparsam und praktisch eingerichtet in dem hölzernen Raum: ein Tisch, drei Stühle, Herd, Schrank, Sofa. Alles gebraucht, gepflegt. Bis auf ein paar Spielsachen gibt es nichts Überflüssiges, nichts Dekoratives. Aber auch keinen Wasserhahn, keinen Kühlschrank.

Nele hat die große Salatschüssel gefunden und eingepackt. Wir gehen wieder an Magda vorbei, die immer noch telefonierend auf der Schwelle sitzt, den Hörer kurz zuhält. «Sehen wir uns morgen?» Sie nickt und winkt. Außer *ja, nee, mhm* und *achso* hat sie nicht viel gesagt in ihr Telefon.

«Gibt's bei Magda kein Wasser in der Küche?», frage ich Nele im Auto.

«Gibt auch keine Waschmaschine, kein Klo, keine Heizung und keine Mülltonnen», sagt Nele. «Nur ein Plumpsklo hinten im Garten. Wasser ist außen am Haus, muss man mit Eimern zum Spültisch in der Kammer tragen. Ist viel Arbeit – Holzhacken, Wäschewaschen –, aber sie will das nicht anders.» Nele zuckt mit den Schultern. «Er bietet ihr immer wieder mal an, ein bisschen umzubauen, aber sie sagt, sie findet das gut so. Soll sie machen. Mir egal. Ich bin froh über mein Bad und meine Heizung.»

Dass Magda mal so spartanisch leben würde, hätte ich nicht gedacht. Sie ist ihre Kindheit lang bedient worden von Kindermädchen und Haushälterinnen. Behütet von vielen Erwachsenen. Vielleicht musste sie gegen das Behütetsein ankämpfen irgendwann.

«Er hat einen Deal gemacht mit den Wasserwerken», erzählt Nele. «Dass Magda nicht an die Kanalisation angeschlossen wird. Das Rohr liegt verschlossen vor ihrem Haus in der Erde, und sie weiß gar nicht, dass er dafür bezahlt, als würde da doch 'n bisschen Wasser durchfließen. Sie denkt, sie hat sich durchgesetzt.»

Am Abend sitze ich auf der Bank vorm Gutshaus. Ihm bin ich noch nicht begegnet. Jessi habe ich auch noch nicht gesehen. Nele sitzt mit Randolf in der Küche. Der Wind weht durch die alte Kastanie, die sich schwarz

und verknotet vor dem graublauen Himmel abzeich-
net, er weht über das dunkelgrüne Blätterzeug auf dem
Feld, und durch mein Haar weht er auch. Ich fühle mich
gestreichelt. Noch Jahrhunderte nachdem ich hier gesessen haben werde, wird er wehen, denke ich, und mir wird
kalt.

Es ist dunkel geworden, und es riecht nach nasser Erde.
Ohne nachzudenken, nehme ich den Trampelpfad zum
Mühlhaus und spüre das unangenehme Knacken eines
Schneckenhauses im Dunkeln unter meiner Sohle. Seit
heute früh habe ich die Begegnung vor mir hergescho-
ben. Vielleicht wäre es anders, wenn ich von Peters Affäre
nichts wüsste. Er hätte ein anderes Urteil gefällt über diesen Ort, von dem ich immer noch nicht weiß, warum er
mir so heilig ist. Auf der dunklen Terrasse bleibe ich stehen und sehe ihn hinter dem beleuchteten Küchenfenster
hin und her gehen, einen Teller hinstellen, eine Zeitung
holen, ein Glas Wein eingießen.

Die rote Katze springt auf die Terrasse und spielt mit
einer fiependen Maus, setzt sich neben die Gefangene, tut
unbeteiligt. Die Maus will flüchten, aber der Weg über
die Steinplatten ins Gebüsch ist zu weit. Mit einem Satz
hat die Katze sie wieder zwischen den Tatzen. Ich gehe
in die Hocke, um mir das Folterspiel genauer anzusehen,
aber plötzlich ist die Maus verschwunden. Auch die Katze
sieht sich um. Wir sind beide ratlos, haben sie nicht weg-
rennen sehen. In dem Moment geht die Tür auf, und die
Katze huscht ins Haus.

«Suchst du was?», fragt Elli mit knarrender Stimme.

«Nee, nee», sage ich erschrocken. Als wir zum Gutshaus zurückgehen, bin ich enttäuscht. Ich wäre ihm gerne begegnet.

In Neles Küche gibt es noch Salat und Wein, und Randolf. «Wie soll die Kneipe denn heißen?», frage ich. Nele sieht an meinem Ohr vorbei, muss lachen und zeigt auf meine Schulter.

«Du hast da 'ne Maus!»

Am Morgen weckt mich hämmernder Lärm. Randolf nagelt ein Schild an den Stall. Wo jetzt *Luxus* dransteht, waren früher Bullen drin. Es ist Ostersonntag. Der Bildhauer ist nach Berlin gefahren, und wir verstecken in seinem Garten bunte Schokoladenhasen, Käfer, Eier. Jessi begrüßt mich diesmal lächelnd, mit klaren, wachen Augen. Für ihren knabenhaften Körper mit den schmalen Schultern hat sie große Brüste, die sich kugelrund unter dem dünnen Shirt abzeichnen und strahlenförmige Falten werfen.

Nele hat ein Osterei versehentlich in das Astloch eines Apfelbaums fallen lassen. Jessi bindet eine Suppenkelle an einen Stock und holt damit jeden Bonbon einzeln aus dem hohlen Stamm, in dem das blecherne Ei aufgegangen ist. Die Kinder stehen ringsherum und sehen zu, wie Jessi den Baum auslöffelt. An jedes Kind schenkt sie eine Kelle morscher Holzspäne mit Bonbons aus.

Ich fotografiere meinen Sohn beim Eiersuchen. Klar ist ihm nicht, worum es geht. Drei Schokoladenkäfer hat er gefunden, einen roten, einen goldenen und einen braunen, und sofort gegessen. Er ist auf der Suche nach mehr. Bevor ich dazwischengehen kann, steckt er eine Schnecke in den Mund. Keine Schokolade. Er probiert einen Lärchenzapfen, ein paar Stöcker. Alles nicht, was er gesucht hat. Auf tappeligen Beinen wackelt er entschlossen weiter, will nach einem Mistkäfer greifen. Bevor er in ein Schneeglöckchen beißt, findet sich endlich ein glänzender blauer Hase.

Wir sitzen mit Decken auf der Wiese zwischen bunten Schokoladenpapierfetzen, baumelnden Schneeglöckchen und Krokussen, die wie eingerollte Servietten in der Wiese stecken. Ein Magnolienbaum wedelt übertrieben mit großen weißen Schleifen und riecht nach gelbem Wackelpudding. Die Forsythien geben sich Mühe, gute Laune zu verbreiten am grauen Gestrüpp.

Elli hat eine Plasteschüssel mit Katzenfutter vors Haus gestellt. Eine Elster trägt sie in taumelndem Flug auf das Verandadach, guckt erwartungsvoll zu uns herunter. Da kommt Elli, in Hausschlappen, mit einem Küchentuch in der Hand, baut sich vor der Dachkante auf, die Hände in die Hüften gestemmt: «Gibst du die wohl wieder her!», schimpft sie.

Die Elster zieht mit dem Schnabel die Schüssel noch ein Stück weiter aufs Dach und fliegt weg. Ich sehe Elli zum ersten Mal lachen. Sie zieht die Nase kraus und hält die Hand vor die krummen Zähne. Es ist, als lachte sie gegen ihren Willen, und ihr großer Busen wippt dabei.

Warum habe ich diesmal das Gefühl dazuzugehören? Ich bin zufrieden wie mein Kind mit seiner Schokolade. Dann fallen mir die düsteren Träume wieder ein, die ich damals hier hatte. Jetzt bin ich drinnen, denke ich und fürchte mich plötzlich vor der Begegnung mit ihm.

Am Tisch vor seinem Haus schälen Jessi und ich Kartoffeln. Auf ihrer langen Unterlippe sitzt die Oberlippe wie ein Halbkreis, fast ohne einen Schlenker unter der Nase. Ein Schneidezahn steht schief vor dem anderen, als einzige Unregelmäßigkeit in ihrem symmetrischen Gesicht. Ein langes hellblaues Männerhemd mit halbrundem Frackausschnitt trägt sie wie ein Kleid und in der kleinen geraden Nase einen silbernen Ring. Die langen Beine stecken in weißen Sandalen.

Eine Meise zupft an dem Schaffell, das neben mir auf einem Schaukelstuhl liegt, stemmt sich mit winzigen Krallen in die Wolle, fällt auf den Schwanz, bleibt einen Moment sitzen und zottelt weiter. Vorsichtig versuche ich, mich mit Jessi zu unterhalten. Ich weiß vermutlich mehr über sie als sie über mich. Um das schiefe Verhältnis auszugleichen, erzähle ich von mir, von dem Haus am See, das wir mal hatten, wo es schön war, wie hier. Magda erwähne ich nicht. Jessi fragt nach.

«Im Norden von Berlin? Da bin ich groß geworden. Oranienburg.» Sie erzählt von der Stiefmutter, die eine Wäscherei hatte. Ihre Mutter ging in den Westen, als sie drei war. Sie blieb beim Vater, der neuen Frau, drei Halbgeschwistern. Dass die Mutter sie nicht mitnahm, lag an der Oma. Die hatte eine Tochter gehabt, die hieß Jessi, polnisch eigentlich Jiska. Im Krieg musste sie ihre drei Kinder in einen russischen LKW setzen, und als sie die Kinder wiederbekam, waren es nur noch zwei. Jessi blieb verschwunden. Die Oma wollte nicht noch einmal eine Jessi verlieren, und die Tochter sollte alleine rübergehen. Das hat sie gemacht.

Während Jessi redet, sieht sie von ihren kartoffelschälenden Händen zu mir hoch, sieht mich an aus wasserblauen Huskyaugen, die einen dunklen Rand haben wie Perlen einen Schatten. Jessis weißblonde Tochter kommt angerannt, trinkt im Stehen aus der Tülle der großen Teekanne. «Puuhhh, mir is dampfend heiß, wie 'ne Kochsuppe.» Sie stellt die Kanne ab, zieht schniefend die Hängejeans hoch und hopst zurück auf die Glückswiese. Die struppigen Zöpfe, überreife Gerstenähren, fliegen ihr hinterher.

«Nach der Zehnten hab ich eine Lehre im Sägewerk gemacht.»

«Sägewerk?», frage ich.

«Das hab ich mir irgendwie romantisch vorgestellt. War's eigentlich auch. Keiner meiner Liebhaber hatte noch zehn Finger.» Jessi lacht. «Danach bin ich nach Berlin ins besetzte Haus in Mitte. In der Zeit hab ich ihn kennengelernt.» Jessi nickt mit dem Kopf Richtung Bildhauerhaus. «Er fand, dass ich irgendwas machen müsste.» Sie pickt eine einzelne Erdbeere aus der Schale und blinzelt in die Sonne. «Ich hatte mal einen Film gesehen über eine Schleusenwärterin.»

Ich stelle mir Jessi im Häuschen an der Mühlendammschleuse in Berlin vor, der einzigen Schleuse, die ich kenne.

«Und wie wird man Schleusenwärterin?», frage ich. Jessi lässt die Hände, um die sich die Kartoffelschalen ringeln, auf die Zeitung fallen und lächelt irgendwie nach innen.

«Er meinte, ich soll mal in die Humboldt-Uni. Da waren Ferien. Draußen Mittagshitze, aber drinnen angenehm kühl. Das weiß ich noch. Irgendwann hab ich eine einsame Sekretärin in einem offenen Büro gefunden. Die hab ich gefragt, was ich studieren muss, um Schleusenwärterin zu werden. Konnte die mir auch nicht sagen. Aber sie war wohl irgendwie froh, dass jemand da war zum Bemuttern. Ich sollte mich hinsetzen und kriegte erst mal Kaffee. Sie selber schüttete sich noch Weinbrand und Zucker dazu. Nachdem sie alle möglichen Telefonate geführt hatte, war schon mal klar, dass man Wasserwirtschaft studieren musste. Allerdings mit Betonung auf «Mann». Studieren können das auch Frauen, aber nur Männer dürfen Schleusenwärter werden. Da haben wir erst mal überlegt, wie viele Schleusen es überhaupt gibt in Berlin. Drei sind uns eingefallen, und darauf haben wir noch zwei oder drei Kaffee mit Weinbrand und Zucker getrunken, hin und her überlegt, bis sie meinte, dass es doch am besten wäre, einen Schleusenwärter zu heiraten, einen alten, am besten einen ganz, ganz alten, den man irgendwann in die Spree werfen könnte und die Sache selber übernehmen.» Jessi wedelt mit der Hand den Schleusenwärter in den Kartoffeleimer. «Und nach noch drei Tassen Weinbrand und Zucker mit Kaffee sind wir zu dem Schluss gekommen, *dass es überhaupt viiiel su wenich Männer gipt! Da hasu doch keine richtje Auswahl, Mädel, das sind viiiel su wenich für dich!* Hat sie immer gesagt. Später hab ich auf der Schlossbrücke gestanden und in die Spree gekotzt. Da war ich das erste Mal betrunken. Dabei wollte ich eigentlich einen ernsthaften Beruf.» Jessi lacht und schält weiter. Sie wirkt jetzt gar nicht mehr verschreckt, lächelt mit ihrem schiefen Schneidezahn.

Der Kartoffeleimer ist leer, und Jessi hat angefangen, den Kopf in eine Hand gestützt, in der Zeitung unter den Kartoffelschalen zu lesen. Ich würde sie jetzt gern fotografieren. Ein hellgrünes Tier mit durchsichtigen Flügeln läuft ihren Unterarm hoch, über das schmale geflochtene Bändchen an ihrem Handgelenk. Abwesend hebt sie den Kopf und sieht hin zu dem Tier auf ihrem Handrücken. Als wäre es ein alter Freund, legt sie den Kopf zurück, lässt das Tier weiterlaufen. Sie bekommt nichts mit von seinem Kampf mit den blonden Haarspitzen.

Dass sie ein Baby verloren hat, geht mir nicht aus dem Kopf. Wenn einem das Schlimmste passiert ist, was einem passieren kann, denke ich, dann kann einem nichts mehr passieren.

Als das Bildhauerauto den Kies hochfährt, fällt das Insekt aus Jessis Haar auf die Kartoffelzeitung. Sie hat den Kopf Richtung Straße gewendet, steht auf und knüllt die Zeitung mit den Schalen langsam zusammen. Ich denke darüber nach, was die gegenteiligste Charakterbeschreibung von Jessi sein könnte, und entscheide mich für: *besserwisserisch*.

Ich stelle den Topf auf den Herd, als ich durch das Küchenfenster Elena aus dem Auto steigen sehe. Dem Bildhauer scheint die Situation zu gefallen: Zwei Frauen kochen, und eine weitere hat er mitgebracht.

«Na, bist du zufrieden mit so vielen Frauen in deiner Küche?», sage ich, um meine Verlegenheit zu überspielen. Nur flüchtig drückt er meinen Oberkörper an sich, aber der Geruch an seinem Hals benebelt mich so, dass es aus ist mit der objektiven Betrachtung aus der Entfernung, die ich eigentlich vornehmen wollte. Mit einem kurzen Nadelstich in meiner Brust meldet sich Peter, den ich gleich wieder verscheuche.

«Sollte eigentlich 'ne reine Frauensache werden heute Abend.»

«Und du? Du darfst trotzdem rein oder was?», fragt Jessi.

«Ich bin ja der Hausmeister!», sagt er und haut ihr auf den Hintern. Sie verdreht die Augen und schüttelt den Kopf.

Das Geflirte lässt die paradiesische Kulisse irgendwie durchsichtig werden. Aber mein Unbehagen verfliegt, als ich meine Postkarten am Kühlschrank sehe. Ich bin stolz über meine kleine Ausstellung in seiner Küche.

«Jette?» Elena steht in der Tür, leuchtet, lacht, sieht nach Frühling aus, umarmt mich. «Was machstn du hier?»

«Ich hab doch gesagt, ich komm zu allen deinen Auftritten.» Mir ist, als hätte ich zu viel Kaffee getrunken, Erregungen unterschiedlichen Ursprungs lassen sich nicht sortieren, und ich versuche, meine Flatterigkeit zu verbergen.

Randolf räumt Mikro und Akkordeon aus dem Auto in den Stall, und wir gehen Jessis Kartoffelsuppe essen am großen Tisch auf der Mühlhausterrasse. Alle, die Hunger haben, kommen nach und nach. Wer keinen Teller hat, holt sich einen, und wer keinen Hunger hat, wird nicht überredet. Auch die Kinder nicht. Das weißblonde Mädchen blättert in einer Zeitung. Sie zeigt auf eine Frau in Latexdessous: «Papa, findest du das schön?»

Er sieht ihr kurz über die Schulter und brummt: «Da is mir ein olles Nachthemd lieber.»

Die Kinder reden durcheinander: «Papa, die Elster hat das Katzenfutter aufs Dach getragen.» Ich erzähle von der Maus, die sich in meinen Pullover gerettet hat. So gutgelaunt hab ich ihn noch nie gesehen, und auch Elena fühlt sich wohl, sie scheint hierherzugehören, so wie sie katzengleich überall hingehört, wo es ihr gefällt. Ich versuche herauszufinden, ob sie ein Verhältnis hat mit ihm, und da sie einander so demonstrativ ignorieren, keinen Blick und kaum ein Wort wechseln, liegt die Antwort schwer in der Luft.

Die Atmosphäre ist aufgeladen. Nackte Frauenarme tanzen über Teller und Gläser, Ärmel rutschen über Schultern, Ausschnitte werden tief einsehbar. Jessi steht auf, beugt sich über den Tisch in ihrer zu kurz abgeschnittenen Jeans. Ich spüre seinen Blick auf meinem Dekolleté und Randolfs auch. Elena wirft blonde Strähnen und verführerische Blicke in alle Richtungen. Ich sehe, wie er seine Hand auf ihren Schenkel schiebt, und mir ist, als würde ich sie auf meinem spüren.

Stumm löffelt Randolf seine Suppe mit kleinen kräftigen Arbeiterhänden. Er schielt von Elena zu Nele zu Jessi. Fast kann ich das Blut in seinen Adern hören, wie es rauscht und rast und ihm durch den Kopf schwirrt. Alle Frauen am Tisch gehören dem Bildhauer, keine ihm. Von den Kindern auch keins.

Mir fällt auf, dass Neles Tochter als einzige die Kieselaugen nicht geerbt hat. Ihre sind dunkelbraun, ihr Haar fast schwarz.

«Wie kommst du eigentlich zu so einer südländischen Tochter, Nele?»

Nele zuckt mit den Schultern: «Jetzt, wo du's sagst, da war damals eine Algerierin mit im Zimmer. Als wir nach der Entbindung vom Rauchen kamen, wussten wir beide nicht mehr genau … Was soll's, is ja trotzdem 'ne Hübsche!»

Neles Tochter zieht wütend die Augenbrauen zusammen, aber Nele lacht: «Schatz, du bist zu Hause geboren. Es gibt Fotos. Außerdem hast du das Sommerdreieck auf dem Unterarm.» Sie hält ihren Unterarm neben den ihrer Tochter. «Hier, die drei Leberflecken. Das ist eine Sternenkonstellation, die man nur im Sommer sieht. Das haben wir beide.» Sie küsst das Kind auf die Stirn.

Elena zeigt rüber zur Ruine: «Was war 'n das mal?»

«'ne Kate für Landarbeiter», sagt er. «Ich fang bald an, da zu bauen. Für die Kinder.»

Stumm schiebe ich meinem Sohn Kartoffeln in den Mund. «Sieht aus wie du», sagt er und betrachtet das Kind, das gleich vergisst, den Mund aufzumachen, die Hand ausstreckt nach seinem Bart. Er beugt sich zu uns und lässt die winzigen Finger seine Barthaare durchstreifen. Für den Moment gibt es eine Verbindung zwischen uns durch das Kind. Er sieht mir in die Augen, ganz nah, mir wird heiß, und ich höre, was er nicht ausspricht wie durch einen dröhnenden Lautsprecher in meinem Kopf: *Schade, dass es nicht meins ist.*

Als hätte er sich meinen Sohn, das einzige Kind am Tisch, dessen Vater er nicht ist, auch noch zu eigen gemacht, krabbelt das Kind zu ihm hin und lässt sich ein Stück Wurst in die Hand geben. Ich bilde mir ein, ihn triumphieren zu sehen, und alles flattert in mir. Ich spüre, dass mir Tränen in die Augen schießen, und stolpere aufs Klo. Eine Weile bleibe ich reglos sitzen auf dem Wannenrand, Tränen laufen mir in den offenen Mund, und ich sehe durch die Oberlichter in die winkenden Pappelwipfel.

In Notlagen dieser Art versuche ich, nur an die nächste halbe Stunde zu denken und weiter nicht. Ich muss runter vom Gehöft und gehe mit Elena und den Kindern zum Colasee. Wir spazieren auf den beiden schmalen Betonstreifen für je zwei linke und zwei rechte Autoreifen, die gleichmäßig und parallel die Felder durchschneiden, über den Berg, an der Ruine vorbei. Laute Musik aus seinem Atelier begleitet uns eine Weile.

Ich fotografiere die Zwillinge: das hopsende, plappernde Mädchen vor uns und hinter uns den dicken Bruder mit der staubigen Haarfarbe. Den Mund dunkellila verschmiert von irgendwelchen Beeren, stolpert er wie ein Wackelpudding hinterher, jammert ab und zu vor sich hin: «Wartet doch mal, Manno, wann sind wir daaa, ich kann nicht mehr laufen, Manno …» Neles großer Junge rennt vor und zurück ins Feld; kämpft mit luftigen Rittern. Still, fast durchsichtig nebenher geht Neles Tochter, das lange braune Haar offen, zerpflückt Halme versonnen zwischen den Fingern. Die Weißblonde nimmt den Wackelpudding an die Hand. Aus dem Tuch auf meinem Rücken guckt mein Kind in die Landschaft und lutscht an meiner Schulter.

Ein kleiner grauer Hirsch steht furchtlos am Waldrand und bellt wie eine kaputte Kinderhupe. Da gluckst das Jammerkind und versucht uns watschelnd, wackelnd einzuholen.

Elena, stumm, in sich gekehrt, die Hände in den Taschen, geht schlendernd und s-förmig neben mir her.

«Hast du was mit ihm?» Ich hoffe, den Freundinnenton getroffen zu haben, aber es fällt mir schwer, das passende Gesicht zu machen dazu. Sie zieht eine Augenbraue hoch, sieht mich von der Seite an.

«Ich glaub schon», sagt sie mit einem Funkeln zwischen Mund- und Augenwinkel. Ich geb ihr darauf ein Freundinnenlächeln.

«Und wie hat das angefangen?»

«Ich hab doch in der Galerie gespielt, da haben wir lange geredet.»

«Und dann?», frage ich.

«'ne Woche später hat er vor der Tür gestanden und gesagt: Tut mir leid, ich hab mich in dich verliebt.» Elena lacht. «Ich, vor Schreck: Ist ja nicht so schlimm. Wie um ihn zu trösten.» Sie zieht die Schultern hoch. «Dabei ist er gar nicht mein Typ. Aber irgendwie echt. Das gefällt mir. Und dass er älter ist, hat auch Vorteile. Ich fühl mich wieder begehrt. Eigentlich egal, ob er noch andere Frauen hat. Ich will ihn ja nicht heiraten.» Und als ob jemand anders aus ihr spricht, sagt sie noch: «Ich glaub manchmal, er kann genauso liebevoll sein wie bösartig.»

Am See, auf der Wiese, die heute zum ersten Mal warm ist, legt Elena sich auf den Rücken, den Arm hinter den Kopf, die Hand auf den nackten weißen Bauch, zwischen T-Shirt und Jeans. Den kleinen Finger hat sie in den Bund gesteckt. Blonde Härchen schimmern auf ihrem Bauch, ausgerichtet zum Nabel hin, sich zur Taillenseite verlierend. Ein zartes Katzenfell.

An Elena ist alles oval. Ihre Füße, ihre Waden, ihre Oberschenkel, ihr Bauch, ihr Po, ihre Hände und sogar ihre Fingernägel. Ich versuche, einen Unterschied zu erkennen zwischen der echten und der Silikonbrust. Beide irgendwie oval. Der gegenteiligste Charakterzug für Elena wäre früher vielleicht *vernünftig* gewesen, jetzt finde ich, dass *streng* besser passt.

Als wir zurückgehen, gibt mir das Jammerkind seine klebrige Hand, hat Durst und Hunger, kann nicht mehr laufen und muss pullern. Ich halte den schweren Jungen über den Wegrand.

Elena ist im Atelier verschwunden. Ich sehe ihr lange hinterher und merke, dass ich eifersüchtig bin. Das kannte ich nicht. Ich verstehe nicht, warum ich auf Elena eifersüchtig bin statt auf Peters unbekannte Schauspielerin. Vielleicht beneide ich sie um ihre Unabhängigkeit. Und um ihre Fähigkeit, sich nehmen zu lassen, ohne sich zu fürchten vor Verletzung. Ich komme mir feige vor.

Ich fotografiere die Kinder im Heu. Aus einem merkwürdigen Gefährt, einem Holzstuhl mit zwei Fahrradreifen, kippen sich die Kinder in einen Heuhaufen. Im Näherkommen sehe ich, dass es ein selbstgebauter Rollstuhl ist.

Ein paar Fremde sind schon da. Ich bringe den Wackelpudding in Neles Küche, wo er von Elli, Magda und Jessi mit Saft und Schokolade gefüttert wird. Magda trägt Blau, wie immer, alles lang und alles Seide. Wenn wir als Kinder Prinzessinnen waren, sagte Magda: «Du musst stolz und elegant gehen!» So sieht sie jetzt aus. Stolz und elegant.

Sie umarmt mich andeutungsweise, ohne das Messer

aus der Hand zu legen und mich mit ihren Tomatenhänden zu berühren. Dass sie es schafft, mit diesen langen sauberen Fingern Öfen zu heizen, Holz zu hacken, Wassereimer zu schleppen und Wäsche zu waschen, kann nur mit ihrer elenden Langsamkeit zusammenhängen, denke ich.

Mein Kind zerfetzt ein Brötchen auf dem Fußboden, und der Wackelpudding ist mit Papier und Stiften am Küchentisch beschäftigt. Offenbar hat er vom väterlichen Talent geerbt. Er zeichnet kleine Figürchen in filigranen Fahrzeugen.

Das Verhältnis zwischen Jessi und Magda, das mir Nele zuletzt als Feindschaft beschrieben hatte, scheint ein anderes geworden zu sein. Die Frauen sind ganz mit den Essensvorbereitungen beschäftigt, und es interessiert anscheinend niemanden, dass er jetzt mit Elena alleine im Atelier ist. Offenbar denke nur ich an ihn.

Ich reibe meine Fingerkuppe in den Gurkensalat. Jessi schneidet mir kunstvoll ein Pflaster mit Flügeln zurecht. Arbeitsunfähig werde ich ausgefragt, soll von Peter erzählen, auf den ich jetzt doch wütend werde, wo ich von ihm reden soll und nicht will. Ich sage nur, dass er viel arbeitet, und erzähle stattdessen von meiner Schwester, die sich vom Vater ihrer Kinder getrennt hat und sich jetzt durch den Alltag kämpft; von meiner Mutter, die nur noch mit ihrem Garten beschäftigt ist und ihre Enkelkinder vor den Fernseher setzt, damit sie ihr nicht auf die Blümchen treten; und von meinem Laden, der eher Sozialstation ist als ein wirtschaftliches Kleinunternehmen. Ich komme mir vor wie bei einem Bewerbungsgespräch. Um nicht mehr antworten zu müssen, frage ich, wer den Rollstuhl gebaut hat.

«Jessi», sagt Magda.

«Für die Kinder?», frage ich.

«Nee, für mich», sagt Magda und lacht verlegen. Sie hasst es, von sich zu reden, und ich merke, wie sie darauf wartet, dass Jessi für sie weitermacht. Aber Jessi tut es nicht.

«Ich bin drüben durch die Dachbodenluke gefallen, von der Leiter gerutscht und auf die Küchenfliesen geknallt. Hab mir den Fuß gebrochen dabei.» Magda spricht darüber, als wäre es eine lustige Sache gewesen. «Ein Glück hat Nele mich brüllen gehört. Ich hab 'ne Woche hier gewohnt mit den Kindern, bis ich den Gehgips hatte.»

Daher also die Vertrautheit in dieser Küche.

Die Spiegelwand hinter der Bar ist mit Flaschen gefüllt und von bunten Lampen beleuchtet. In den kleinen Stallfenstern spiegeln farbige Gläser das Sonnenuntergangslicht. Randolf hat ein Podest in die Ecke neben der Bar gebaut und dunkle Teppiche mit verschlungenen Ornamenten darauf ausgelegt. In der Mitte steht eine Wasserpfeife. Große Kissen lehnen an der Wand. Die Kinder spielen Kellner und streiten sich um die Getränkebestellungen.

Ein paar Leute aus dem Dorf sind gekommen. Frau Hüttenrauch, die Existenzgründerberaterin, auch. Beleibt, im hellblauen Kostüm, mit violettem Tuch. Sie scheint sich wohl zu fühlen, sieht sich interessiert um, spricht Leute an, stellt sich vor, gibt jedem die dicke Hand und hat eine Zuhörerin gefunden. In mir.

«Am liebsten unterstütze ich die Künstler. Kunst macht

doch das Leben erst wertvoll. Und die Liebe natürlich», sagt sie und lacht. «Aber von der Liebe hab ich ja in meinem Alter nicht mehr viel.» Ihre zu kleinen Ohrstecker verschwinden fast in ihren wulstigen Ohrläppchen. Eine dünne Uhr schnürt ihr das Handgelenk ab. Die zarte Kette erstickt zwischen den Halsfalten.

Als Randolf mit Werkzeugen unter der Bar hervorkriecht, springt sie auf und nimmt seine Pranke in ihre Hände. «Wie schön das hier geworden ist! Das wird gut laufen, da bin ich sicher. Fahrradtouristen kommen ja auch immer mehr.»

Randolf sieht gequält auf sie herab wie ein groß gewordener Junge auf eine alte Tante: als müsste er jeden Moment damit rechnen, ein Stück Schokolade in den Mund gesteckt zu bekommen. Suchend sieht sie sich um.

«Wo ist denn eigentlich der Künstler? Von dem hab ich schon so viel gehört. Den möchte ich doch mal kennenlernen!» Randolf schiebt die Frau wortlos an die Bar. «Ja, ein Weinchen würd ich schon gern trinken wollen», sagt sie. Der Bürgermeister scheint wenig begeistert, dass Randolf die plappernde Frau an ihn weitergibt.

Ich gehe nach meinem Kind sehen. Elli ist froh, wieder «so was Kleines» dazuhaben. Das Kleine offenbar auch. Es macht zum ersten Mal eine einfache Ansage: «Dunkel. Lampe aus?»

Jetzt, wo mein Kind im fremden Bett liegt, damit ich mich zu fremden Menschen gesellen soll, fühle ich mich plötzlich falsch hier, falscher fast als Frau Hüttenrauch. Am liebsten würde ich mit Elli vor dem Fernseher sitzen bleiben.

Ich sehe mir Neles Bücherregal an. Auf der Kommode entdecke ich eine Kiste, die ich damals in der Schule gebaut und ihr zum Geburtstag geschenkt habe. Ich schiebe die aus Eisstielen gefeilten Verschlüsse auf. Klappe den Deckel hoch. Briefe, Postkarten, lose Seiten. Als ich die Verschlüsse wieder zuschiebe, wird mir bewusst, dass *SMS* auf einem der Papiere stand. Ich klappe den Deckel noch mal auf und stecke die losen Blätter in meine hintere Hosentasche. Meine Skrupellosigkeit fühlt sich ein bisschen fremd an, aber dann wird mir klar, dass jeder meiner drei Besuche hier ein detektivischer Einsatz gewesen ist. Ich nehme mir vor, ihn mit diesem letzten Diebstahl zu beenden, und setze mich mit meiner Beute auf das Gästebett. Es sind seine SMS an Nele. Abgeschrieben und datiert.

Heut hast du deine Worte wie Eissplitter in den Zuschauerraum gejagt, und dann sind sie dir wieder wie Zucker von den Lippen gerieselt. Du bist gut, meine wilde Schöne! Ich drück dich.

Ich will dein Held sein, dein Geld sein, deine Welt sein. Dich auf Händen tragen, dich gierig jagen, eigentlich will ich damit nur ICH LIEBE DICH sagen!

Nach meinen schlechten Eigenschaften fragst du? Wo sie sind? Weiß nicht. Vermisse sie selber. Vermute, sie fürchten sich vor dir.

Jetzt lieb ich euch beide, das ist ein ungewöhnlicher Plural. Zusammen seid ihr doppelt so schön. Und wenn ihr nicht eure vier Arme fest um mich schlingt, muss ich leider platzen vor Stolz.

Mir ist an diesem heiligen Abend zum ersten Mal klar geworden, dass mein Vater ein elender Griesgram ist. Zumindest den Menschen in seiner Nähe gegenüber. Ihr habt es erlebt. Das tut mir leid. Vermutlich hab ich von diesem Teil das Schlechte geerbt. Das tut mir noch viel leider!

Ich hab viel zerkloppt, ich weiß es, und kann nicht alles wieder kleben. Ich will dir vor den Füßen kriechen, bis ich auch die kleinste Scherbe wiedergefunden hab. Und wenn es mein ganzes Leben dauern muss. Ich werd die Risse vergolden für dich! Bitte verzeih mir, mein heiliges Mädchen.

Danke für die schönen Kinder, die du uns geboren hast, und für dein Leben mit mir und meinem ruinösen Selbstvertrauen. Danke, dass ich dich lieben darf und du mich nicht hasst, wie ich mich selbst hasse (manchmal).

Dass ihr mich nicht sehen wollt, kann ich nicht leichtnehmen. Ich bin am Verglühen hier, versuche zu überleben mit Rum, Zigarren, Musik und Arbeit. Ich sollte stolz sein auf euch, die ihr klüger seid als ich. Aber ich lebe mit Schmerzen. Und die Schmerzen leben mit mir. Und die Schmerzen, das seid ihr.

Du bist doch die Stärkste, meine geliebte Kostbarkeit. Und wenn du mal nicht stark bist, dann will ich es für dich sein. Sag ein Viertelstündchen vorher Bescheid, ja?

Ich muss aufhören zu lesen. Alles wird mir zu real, kommt mir zu nah. Ich habe Angst, von dem zu lesen, was kommen muss, Angst vor dem toten Kind. Vor der zerbrochenen Liebe auch. Es sind noch ein paar Seiten.

Ich fühle mich einsam, sehne mich nach Peter. Mir ist kalt. In die Decke gehüllt, schlafe ich kurz und traumlos. Es ist nur wenig dunkler, als ich aufwache. Beim Anblick der schwarzen Strümpfe meines Sohnes in der Ecke werde ich unverhältnismäßig traurig. Nie wird er es in der Stadt schaffen, seine Sachen an einem Tag so dreckig zu machen.

Der Wind riecht nach Erde, nach einem warmen, staubigen Frühlingstag, der langsam auskühlt. Die Luft wird feucht. Ich setze mich in die Wiese und sehe über die noch kahlen, dunkelbraunen Felder. Eine Abneigung macht sich breit in mir, gegen die drei Häuser und den Kneipenstall, den sie *Luxus* nennen, gegen diesen Ort, der eine Zuflucht ist für Menschen, die sich verweigern und ein Refugium gefunden haben in der großzügigen brandenburgischen Landschaft.

Der Eichwald grenzt an das Feld und ragt düster und gewaltig in den flachen Sonnenuntergang. Lange rosa Wolken ziehen von Norden nach Süden. Die breiten Stämme und die dicken Äste der Randeichen sind orange beleuchtet. Dahinter wird es tiefschwarz in den Kronen und über dem weichen Waldboden. Die Bäume strahlen eine bedrohliche Mächtigkeit aus, und ich stelle mir mittelalterliche Raubritter vor, die mit Rüstungen, Schwertern, Lanzen und Wappen die jetzt so ordentlichen Äcker vor ein paar hundert Jahren zu Schlachtfeldern gemacht haben könnten. Am Waldrand liegen alle paar Meter bemooste Haufen aus Steinen, die in den Feldern nachzuwachsen scheinen.

Ich hatte die Menschen auf dem Mühlhof für ihre

Abkehr vom Leben in der Stadt bewundert. Jetzt erscheint mir die Tatsache, dass sie sich hierher zurückgezogen haben, wie das Eingeständnis einer Schwäche. Als hätten sie nur keine Lust mehr gehabt, Verantwortung zu übernehmen. Oder bin ich es? Ist es meine eigene Feigheit?

Es hat angefangen zu nieseln. Die Nässe rieselt auf Gras und Blätter. Frischer Erdgeruch steigt um mich auf. Ich muss zurück ins Haus, in den Stall, der *Luxus* heißt, zu den Menschen, nach denen ich mich gesehnt habe in der Stadt, die zu groß ist für mich. Plötzlich die Angst, sie könnten mich vergessen haben. Die Angst, etwas zu verpassen, ausgeschlossen zu sein, etwas nicht mitzubekommen, wie das mit Peter und der fremden Frau.

Ich renne, stolpere fast panisch über die Betonplatten, will mich fallenlassen in die Idylle vor meinen Füßen, will mich nicht mehr wehren. Ich will irgendjemandem schwören, dass ich mich nicht mehr wehren werde.

Autos stehen auf dem Hof. Der Stall hat sich gefüllt. Ich finde Nele mit Jessi in den Kissen auf dem Podest Wasserpfeife rauchend und setze mich dazu. Es ist zu laut, um sich zu unterhalten. Ich will mich nicht unterhalten, ich will nur hier sein. Zwei Jugendliche stehen hinter der Bar, öffnen Flaschen, spülen Gläser und erinnern mich an meine eigene Zeit hinter dem Tresen. Das war, als ich Peter kennenlernte. Plötzlich ist da gar kein Groll mehr, nicht auf ihn und auch nicht auf die unbekannte Frau. Ich könnte sie mögen. Einfach nur, weil Peter sie mag.

Jemand hat die Musik ausgemacht, und Elena haucht ein fragendes «Hallo» ins Mikro. «Yksi, Kaksi, Kolme? Das war finnisch.» Sie spielt ein paar Takte auf dem Akkordeon, fängt an zu singen, weich und weiblich, beschwingter als beim ersten Mal, nicht so schwermütig wie in der Berliner Bar.

An den Tischen: Menschen, die sich gut angezogen haben für den Abend, und andere, die sich nicht gut angezogen haben. Ich lehne in den Kissen wie im Theater, eine Zuschauerin, die untätig auf ein Erlebnis wartet. Der Bildhauer hat sich Elena zugewandt; einen Arm auf der Stuhllehne, den anderen auf der Tischplatte, das Bier in der Hand, sieht er zu ihr, konzentriert, besonnen. Es kommt mir vor, als würde er einen Teil seiner Macht verlieren, noch ohne es zu merken. Elena entführt den Silberrücken in ihre Katzenwelt. Durch den Rauch der Wasserpfeife scheint das Gefüge, dessen Mittelpunkt er gerade noch war, zu wanken und zu verschwimmen.

Ich schließe die Augen und sehe endlose violette Felder voller Lavendelblüten. Es ist voller geworden, lauter, Elena ist kaum noch zu hören. Ich rutsche zu Jessi, die in den Kissen lehnt und lacht mit denen, die um uns sitzen. Der Alkoholpegel und die Wasserpfeife verhindern zusammenhängende Gespräche.

Ein Träger rutscht von Jessis Schulter. Sie schiebt ihn hoch. Ich schnipse ihn wieder runter. Jetzt zieht sie an meinem Ärmel. «So!» Ich habe beide Träger von ihren Schultern geschnipst. «Haste davon!»

Jessi lacht. Wir ordnen unsere Kleider, und ich öffne vorsichtig den Reißverschluss an ihrem Rücken. Als sie das bemerkt, stürzt sie sich auf mich. Lachend, betrunken bleiben wir liegen, nebeneinander, halb übereinander auf dem Podest zwischen der Wand und den Rücken der anderen. Ich ziehe an ihrem Kleid und gucke in ihren Ausschnitt, sehe mir ihre weißen weichen Brüste an, die an meine gedrückt sind. Jessi schiebt ihre Hand zwischen meine Beine. In dem Moment erscheint Randolfs Gesicht verkehrt rum über unseren Köpfen. Jessi soll an der Bar helfen: «Bitte!»

Sie küsst flüchtig meinen Mund, kurz liegt ihr Schenkel zwischen meinen, dann ist sie weg. Ich verlasse mein Versteck zwischen Wand und Kissen und Menschenkörpern und setze mich neben Magda, leicht, schwebend und betrunkener, als ich es bin. Und auch Magda wirkt wie aufgezogen. Das muss an der Wasserpfeife liegen. So kenne ich sie nicht.

«Sag mal, du hast mit Leo geschlafen?», fragt sie mit gespielter Strenge.

«Ein Mal nur», sage ich verwundert.

«Du Verräterin!» Sie pikt mir den Ellenbogen in die Seite.

«Ich wusste nicht, dass ihr euch über so was unterhaltet, also, dass ihr euch überhaupt unterhaltet, wusste ich nicht», sage ich und zweifle an der Echtheit ihrer Empörung.

«Ich hab euch gesehen», gesteht sie. «Als Oma achtzig wurde. Ich hab dich gesucht und euch von weitem an Leos Feuer gesehen, du Miststück!» Ich überlege noch, was ich davon halten soll, da packt sie schon das nächste Geheimnis aus: «Guck mal, wer da drüben sitzt.» Sie zeigt auf den Maler, mit dem sie mal zusammen war. «Der malt neuerdings auf Kreuzfahrtschiffen. Da steht er in einem Schaukasten, und alle können ihm zusehen. Abends werden die

Bilder versteigert. Mondlandschaften, nackte Menschen, eklige Tiere. Verdient sich dumm und dämlich daran.»

«Warum habt ihr euch eigentlich getrennt?», frage ich. Magda rückt ein Stück näher heran.

«Mir hat jemand aus dem Dorf erzählt, dass er der Sohn von Alteigentümern ist. Nazis. Psychologen in brauner Uniform, die nicht im Osten bleiben konnten. Aber die Familie, die das Haus dreißig Jahre lang in Schuss gehalten hatte, hat er rausgeschmissen. Hat sie noch den eigenen Bungalow abreißen lassen. Als ich das gehört hab, bin ich los. Zum Bahnhof, ohne Schuhe und ohne einen Cent. Dreimal kannst du raten, wer mich aufgesammelt hat.»

Dein Vater? Das sage ich nicht, denke es nur. Es war der Bildhauer, der sie mitgenommen hat, und vielleicht hat er den Vaterfluch damit gelöst. Ich sehe rüber zu ihm, der jetzt mit Elena an der Bar sitzt.

«Was weißt du eigentlich über ihn? Hat er Geschwister, Eltern, hatte er überhaupt 'ne Kindheit?», frage ich.

«Keine leichte.» Magda zieht die Mundwinkel runter.

«Vermutest du oder weißt du?» Aber ich spüre Magdas Redseligkeit schwinden. Wie Kondenswasser rinnt sie mir durch die Finger, ich muss sie schnell festhalten, um nur das noch aus ihr rauszubekommen. Hartnäckig sehe ich ihr in die dunkelgrünen Augen.

«Kennst du seine Eltern?»

Magda ist wieder in ihre elende Schweigsamkeit verfallen und sieht mich nicht an.

«Magda!»

Sie atmet tief ein und lehnt den Hinterkopf gegen die Mauer. Schließlich erzählt sie mit Blick ins Dachgebälk:

«Seine Mutter hat mich mal besucht, als die Kinder gerade geboren waren. Traurige Frau. Sagte, er hätte noch vier Geschwister gehabt. Aber bis auf ihn sind alle krank geworden. Erbkrankheit. War damals unheilbar. Er hat seine Kindheit damit verbracht, vier Schwestern sterben zu sehen. Die jüngste zuerst.»

In dem Moment fällt jemand mit dem Barhocker um. Es gibt ein Handgemenge. Ich sehe den Bildhauer einen Mann rausschleifen. Hinter der Bar stehen Jessi und die beiden Halbwüchsigen überfordert an den Zapfhähnen. Randolf schleppt Kästen. Wenn nicht immer wieder eine Brise kühler Landluft reingeweht käme, könnte man sich vorkommen wie in einem Berliner Nachtclub. Da taumelt ein dicker Mann mit Bauerngesicht aufs Podest zu, müht sich rauf und hält Magda die Hand hin: «Botho», sagt er und lächelt nicht. Flüchtig drückt er auch mir die Hand. Seine Augen sind glasig.

Botho scheint etwas zu wollen und weiß nicht, wie er es anfangen soll. Mit Smalltalk kennt er sich nicht aus. Er wiegt seinen schweren Oberkörper ein paar Mal hin und her. Dann beugt er sich zu Magda und bellt:

«Euer schönes Haus, das ist verflucht übrigens.» Er gibt sich Mühe, deutlich zu sprechen, um nicht betrunken zu wirken. «Erst der Brand, dann die Sache mit dem gebrochenen Fuß … das ist kein Zufall. Das ist verflucht, das schöne Haus, in dem euer großer Künstler wohnt.»

Magda tut desinteressiert.

«Okay?»

Er beugt sich schwer atmend zu uns, mit Schweiß auf der Stirn, ganz nah, und spricht trotzdem viel zu laut:

«Ich erzähle das jetzt. Weil ich es nämlich nicht mit ins Grab nehmen will. Ihr könnt das eurem Künstler sagen, oder ihr könnt es lassen, mir egal.» Er ist noch näher herangerutscht, hockt jetzt, auf einen Arm gestützt, vor uns wie ein Buddha. «Da ist was passiert, und zwar genau da oben auf dem Dachboden, wo's gebrannt hat», sagt er, schiebt die Unterlippe vor und nickt. «Und das war nicht das erste Mal. Vor fünfundzwanzig Jahren ist es schon mal fast abgebrannt. 'ne junge Familie aus Berlin wohnte da, die konnten das Kind gerade noch rausholen. Ja! Was brennen soll, wird brennen.»

Magda ist neugierig, aber sie sieht immer noch hochmütig an dem Dicken vorbei. Der braucht jetzt einen Anstoß zum Weiterreden. Endlich sagt sie herablassend wie zu einem Kind: «Na, was is denn da nun passiert?»

Botho scheint schlagartig nüchtern zu werden.

«Das war in den Dreißigern, mein Vater hat's erzählt oder mein Großvater, da kam einmal im Jahr eine Gruppe Zigeuner ins Dorf, die haben hier in der Mühle nach Arbeit gefragt. Der Müller hat sie in der Scheune wohnen lassen und gesagt, in einer Woche hätte er Arbeit. Nach zwei Wochen hatten die Zigeuner nichts mehr zum Fressen und haben gefragt, was das nun wird mit der Arbeit. Da hat der Müller sie auf den Dachboden geschickt und eingeschlossen. Drei Tage lang haben sie die Leute geprügelt da oben. War auch ein kleiner Junge dabei. Irgendwann haben sie wohl Angst gekriegt und gemerkt, dass sie die jetzt nicht mehr rauslassen können. Dann haben sie die Leute da oben verhungern und verdursten lassen.» Botho reibt sich die rote Nase. «Es gab hier damals eine Schlammgrube, da hat der Fluss einen Schlenker gemacht. Da haben sie die reingeschmissen in der Nacht und das Zeug von denen auch.» Botho imitiert die Bewegung mit seinen dicken Händen. «Alles rein und dann zugeschüttet. Jahrelang. Immer wieder zugeschüttet. Mit Mist und Bauschutt und Müll – was sie finden konnten.»

Magda macht ein angeekeltes Gesicht.

«Und das ist nie rausgekommen? Wurden die nie gesucht?»

«Das war in den Dreißigern!» Er hebt die schweren Hände. «Wer sucht denn da Zigeuner, Mädel, überleg mal!»

Botho ist vom Podest gerutscht. Magda starrt vor sich hin. Sie schüttelt den Kopf, als könnte sie wieder rausschütteln, was der Dicke erzählt hat. Dann kriecht sie ihm hinterher, legt ihm die Hand auf die Schulter und sagt: «Danke.» Botho nickt und verschwindet zwischen den Menschen.

Eine Weile sitzen wir schweigend nebeneinander und sehen in die tanzende Menge. Irgendwann kommt Jessi hinter der Bar vor, wischt die nassen Hände am Kleid ab: «Was wollte denn der?» Nele ist auch neugierig geworden. Beide sitzen jetzt da, wo Botho gehockt hat.

Während wir erzählen, was uns erzählt wurde, kommt die Geschichte erst an. Jetzt liegt sie über dem Haus und ist nicht mehr wegzudenken. Jessi hält sich die Hände vors Gesicht: «Scheiße! Dieses verdammte Nest. Diese beschissenen Schweine. Das sind doch immer noch dieselben kranken Drecksäcke hier!»

186

Mir ist, als hätte ich es schon lange gewusst. Fast bin ich sicher, davon geträumt zu haben. Ich sehe den Bildhauer an der Bar stehen und denke: Warum hat er sich das verfluchte Haus ausgesucht? Warum stirbt jemandem auch noch ein Kind, dem schon die Geschwister gestorben sind?

Seit die Menge durchlässiger geworden ist, sieht der Maler mit dem Hut ständig zu Magda rüber. Randolf beobachtet Nele aus zusammengekniffenen Augen, als würde er irgendetwas von ihr erwarten. An der Bar: Elena zwischen dem Bildhauer und dem Galeristen. Ich beobachte das alles wie einen Film, unwirklich, verschwommen. Die Geräusche tosen um mich. Ich hätte nicht von der Wasserpfeife rauchen sollen. Wie in Zeitlupe sehe ich Elena aufstehen und auf mich zukommen.

«Was passiert?»

Niemand antwortet ihr. Jessi ist schweigend rausgegangen. Ich denke, dass jemand hinterhergehen sollte, bin aber zu träge. Nele ist aufgestanden. Magda hat sich an den Tisch des Malers gesetzt, der hocherfreut seine Hand auf ihr Bein schiebt. Ich streiche Elena über die ovale Wange.

«Kann ich dir jetzt nicht erklären, hat aber nichts mit dir zu tun», sage ich, und dabei wird mir klar, dass es genau so gemeint war, als Nele sagte, sie seien eigentlich beide noch mit ihm zusammen. Sie sind alle noch mit ihm zusammen. Seine Art zu lieben hat sie in das verfluchte Haus gezogen, und das Haus hat sie wieder ausgespuckt. Aber nicht sehr weit.

Draußen finde ich Nele und Randolf ineinander verschlungen auf der Gutshausterrasse. «Weißt du, wo Jessi ist?» Ich ziehe Nele am Kleid, weg von Randolf, der verloren stehen bleibt in seiner Bussardhaltung. Irgendwo schlägt eine Tür. Wir gehen die dunkle Dorfstraße runter, die bei Tag so harmlos wirkt und mir jetzt unheimlicher vorkommt als jeder Neuköllner Hinterhof.

«Schläfst du eigentlich noch mit ihm?»

Nele begreift sofort, wen ich meine, sie wackelt mit dem Kopf, und es ist eher ein Nicken als ein Kopfschütteln.

«Er schläft nicht gern in seinem Haus. Niemand will in dem Haus schlafen, die Kinder auch nur, wenn's sein muss. Selbst die verdammte Katze frisst bei mir.»

«Und was ist das mit dir und Randolf?»

«Das ist nichts», sagt Nele unwirsch. «Viel zu langweilig.»

Bei Botho brennt noch Licht. Nele klopft ans Küchenfenster. Bothos Frau keift: «Eure Freundin ... die gehört ja eingesperrt! Die kann man doch nich auf normale Menschen loslassen, diese Kranke!»

Botho drängt an ihr vorbei. Er sieht erschöpft aus, und seine Augen sind glasiger als vorhin: «Ich versteh das ja, sie hat das Kind verloren, das ist schlimm. Aber die kann sich hier nicht so aufführen. Kann doch keiner mehr was dafür.»

Nele guckt angestrengt die Straße runter.

Wir finden Jessi an der Kreuzung, wo das Dorf aus unerfindlichen Gründen eine Pause von fünfhundert Metern macht, an eine Laterne gelehnt. Wortlos nehmen wir sie mit. «Eigentlich bin ich ganz froh über die Geschichte mit den Zigeunern», sagt sie und versucht, die verlaufene

Schminke unter den Augen mit dem Ärmel abzuwischen. «Die haben sich meinen kleinen Benni geholt.»

«Das hättest du nicht verhindern können», sagt Nele und nimmt sie fest in den Arm. «Wirklich nicht.»

Dass er nicht mehr im Raum ist, spüre ich, bevor ich es feststelle. Magda lässt sich von dem Maler die Schultern massieren. Der Galerist lehnt, die Ellenbogen hinter sich, an der Bar und flirtet mit Elena, die neben ihm auf dem Barhocker mehr hängt als sitzt. Randolf poliert Gläser und sieht düster zu uns herüber. Sein struppiges blondes Haar steht ab nach allen Seiten, als hätte er angespannte Muskeln im Kopf. Man müsste tröstend darüberstreichen wie über ein gesträubtes Hundefell.

Nele will Getränke holen, aber Randolf versperrt ihr den Weg hinter die Bar, und ich höre ihn wütend auf sie einreden. Er hält ihr Handgelenk fest. «Nein», sagt sie endlich. «Daraus wird nichts.»

Ich versuche noch, sie aufzufangen, aber ihr Kopf ist schon gegen die Tresenkante geknallt. Sie stürzt rückwärts auf das Podest. Alle sehen zu Randolf. Randolf sieht zur Tür. Und jetzt sehen alle zur Tür.

Jemand hat mir mal erzählt, es gebe drei Reaktionen auf eine Notsituation: Kampf, Flucht oder Totstellen. Bei jedem Menschen sei eine davon vorherrschend. Der Kämpfer ändert die Situation oder treibt sie voran. Der Fluchtmensch holt bestenfalls Hilfe. Der Totsteller beobachtet das Geschehen wie gelähmt. Immerhin kann er danach beschreiben, wie es passiert ist.

Das japanische Messer in der Hand steht der Bildhauer

da. Er muss es geholt haben, bevor Randolf Nele geschlagen hat. Jetzt scheinen sich alle im Raum tot zu stellen. Außer Randolf, der denkt an Flucht, wie sein Blick zum Fenster verrät. Ich überlege, ob mein Impuls, Eiswürfel für Neles Kopf zu holen, Flucht bedeutet oder Kampf.

Der Maler stellt sich dem Bildhauer unsicher in den Weg. «Komm, das kann man auch anders regeln.» Der Bildhauer schnipst ihm blitzartig mit der Messerspitze den Hut vom Kopf. Ohne den Hut sieht der Maler plötzlich klein und alt aus. Von seiner Wange fließt Blut.

Ein kurzer Laut, wie er einer Mutter entfährt, wenn das Kind sich die Knie aufgeschlagen hat: Magda. Die Männer halten den Messergriff beide umklammert. Sie sehen einander an. Der Galerist ruft aus sicherer Entfernung: «Macht ma kein' Scheiß!» Ein letzter Unbeteiligter bestätigt den Ausnahmezustand, indem er hastig den Raum verlässt.

Randolf will auch zur Tür. Er springt hinter der Theke vor, Stühle, Tische, Gläser krachen, der Bildhauer versperrt ihm den Weg. Jessi hat eine Flugzeugabsturzhaltung eingenommen. Ich beschließe, es ihr nachzumachen, höre nur Schnaufen, Stöhnen, Rumpeln. Jemand stößt mich an. Es ist Randolf, der über das Podest zum Fenster geklettert ist und sich jetzt rückwärts durchzwängt. Es wird still.

Elena presst ihren Körper an den Mann mit dem Messer. Sie umschlingt seinen Hals mit dünnen weißen Schlangenarmen. Seine breiten Fäuste hängen schlaff herab. Elena hält ihn, wie man eine frisch geschlagene Wunde zuhält, lange zuhält, in der Hoffnung, sie würde sich von selbst wieder schließen und der Schmerz würde sich irgendwie doch nicht ausbreiten. Sie stehen da, als hätte Elena den Film angehalten.

So war Elena nicht, als ich sie kannte. Vielleicht kannte ich sie nicht.

ABSCHIED

$\mathcal{A}$m Morgen ist Elli ungewöhnlich gut gelaunt. Marmeladengläser wandern über den Frühstückstisch, die Kinder streiten um bunte Eierlöffel. Eine Kaffeetasse fehlt. Elli stemmt die Hände in die Seiten: «Und ick soll wohl aus de Pudelmütze trinken, oder wie?»

Die Kinder lachen.

Nele drückt mit einer Hand das Kühlkissen an ihren Kopf, schmiert Magdas Sohn mit der anderen missmutig sein Brot. Sie lässt ihn spüren, dass es nicht ihre Aufgabe ist. Elli hält die Zuckerdose in die Luft: «So! Und jetzt alle wieder rauskommen!» Zwei Wespen fliegen heraus. Sie guckt in die Dose: «Du auch!»

«Wo fährt denn Papa hin?», sagt Neles Tochter, und alle Köpfe drehen sich erwartungsvoll um. Nele geht entschlossen auf das rollende Auto zu. Sie schiebt die Sträucher beiseite, stapft durch das dürre Gestrüpp, das die Grundstücke halbherzig voneinander trennt, und bleibt vor dem Auto stehen. Er hat angehalten, und Nele geht zur Fahrerseite. Erst spricht sie leise, ist kaum zu verstehen. Aber dann wird ihre Theaterstimme laut.

«Weißt du, ich bin echt froh, dass du 'ne neue Freundin hast. Und weißt du, was du mit ihr machen solltest? Du solltest einfach mal BEI ihr bleiben!» Nele fängt an zu schluchzen. Sie schreit: «Du solltest sie nicht ständig alleinlassen. Nicht immerzu einfach weggehen. Einfach mal DA sein, wenn es ihr schlechtgeht, wenn sie traurig ist, und dich nicht einfach verpissen. Verstehste!» Sie gestikuliert, wischt sich die Tränen ab. Dann stemmt sie die Hände in die Hüften. «Du elender, bekloppter Idiot!»

Sie tritt gegen das Auto und stampft durch den Kies davon. Jessi geht ihr hinterher. Das Auto ist zur Einfahrt gerollt und biegt ab nach links, Richtung Norden, nicht nach rechts wie sonst, Richtung Berlin.

Wir frühstücken ohne Nele und Jessi weiter. Die gedrückte Stimmung hebt sich erst mit dem Streit um die Ostereier.

«Mann, du hattest schon eins!»

«Hatt' ich gar nich!»

«Ich wollte das Blaue …» Energisch verteilt Elli die bunten Eier auf den Frühstücksbrettern.

«So, jetzt wird hier nicht mehr geheult!»

Auf der Suche nach dem zweiten Schuh meines Kindes komme ich an dem Riss in der Giebelwand vorbei. Er ist weit über die letzte Markierung hinausgeschossen. Als hätte er jetzt freie Bahn – in den Keller, in die Erde, bis in den ausgetrockneten braunen Schlamm, durch den einmal ein Bach verlief.

Ich bin müde. Im Garten hinter dem verlassenen Mühlhaus lege ich mich auf einer Decke in die Morgensonne. Mein Kind schmeißt bunte Plasteförmchen im hohen Bogen aus der Holztruhe auf die Wiese. Da kommen die Zigeuner. Einer schnappt sich mein Kind und setzt es vor sich aufs Pferd. Erschrocken fahre ich hoch. Das Kind sitzt auf der Wiese und nuckelt friedlich an einem Spielzeug.

Jessi hat sich neben mich gelegt. «Mann, bin ich müde.» Ihre Haare sind nass. Sie rollt sich auf die Seite, stützt den Kopf in die Hand. Ich frage, ob Nele sich wieder beruhigt hat. Jessi nickt.

«Und wo ist er nun hingefahren?», frage ich. Jessi zuckt mit den Schultern. Meine Hand will diese Bewegung machen, über ihr Hemd streichen, über ihre Taille. «Wie war das eigentlich, als du herkamst? Da war er doch noch mit Nele zusammen», sage ich, als würde ich die Geschichte nicht kennen.

Jessi dreht sich auf den Rücken, und plötzlich macht meine Hand doch diese Bewegung, die ich ihr verboten hatte. Im letzten Moment kann ich den Reflex umwandeln. Meine Finger streichen über ihren Arm, um etwas zu entfernen, ein Tier, ein Blatt, ein Spinnweb.

«Die waren so glücklich zusammen und haben mich voll mit reingezogen. Nele hat mich aufgenommen wie eine beste Freundin, als ich herkam. Dann wurde es langsam heikel zwischen ihm und mir. Nele war im Theater, und ich hab in seinem Zimmer ein paar alte CDs gesucht fürs Auto. Wir haben uns über seine Türme gebeugt, und da war irgendwie klar, dass es kein Zurück mehr gibt. Ich bin erst mal in die Küche, da hat er aus dem Zimmer gebrüllt: *SCHEISSE*. Das hörte sich nicht so an, als wär ihm was auf den Zeh gefallen. *WAS?*, hab ich zurückgebrüllt. *ICH BIN VERKNALLT IN DICH!* Das war der Moment, in dem ich hätte abfahren müssen, aber es ging schon nicht mehr. Das war wie bei dem Frosch im Eimer. Wenn man heißes Wasser dazukippt, springt er raus. Wenn man es langsam erwärmt, bleibt er sitzen, bis es kocht. So war's bei uns. Es hat gekocht.»

Ich wüsste gern, ob Jessis Haut so gut schmeckt, wie sie riecht, ob ihre Brüste so weich sind, wie sie aussehen.

Jessi reibt sich die Stirn.

«War klar, dass Nele es merkt. Als sie uns in der Küche alleine gelassen hat, dachte ich noch, warum macht sie das bloß? Dann hat er mich geküsst, und ich hab gar nichts mehr gedacht. Irgendwann bin ich aufgewacht, und Nele lag neben uns.»

Jessis Tochter kommt um die Ecke. Nele hat sie geschickt. «Ihr müsst los.» Ich packe seufzend mein Kind ein. Elli gibt mir Kuchen mit für die Fahrt, mit stabiler Gleichmütigkeit wie immer, wie schon die Mutter, die Großmutter: «Damit er nicht umkommt.» Sie schiebt ein Tablett zwischen die Schränke und stöhnt wie zu sich selbst: «Ach nu! Wir wern den Laden hier schon weiter schaukeln, was?» Sie kitzelt meinem Kind den Fuß. «Und dich will ich hier bald wiedersehen, mein Sternchen!»

Jessi lehnt an der Tischkante, die Fingerspitzen in den engen Jeanstaschen: «Kommst du wieder?»

Wir umarmen uns, und ich schiebe meinen Oberschenkel leicht zwischen ihre Beine.

«Die Zwillinge müssen noch zu Magda, dann bring ich dich zum Zug», sagt Nele hinter mir entnervt.

Als wir die Kinder vor Magdas Haus aus den Sitzen

schnallen, hat der Wackelpudding unbemerkt meinen gesamten Handtascheninhalt ausgeleert und sorgfältig untersucht. «Das macht er immer», sagt Nele stöhnend. «Frauenhandtaschen sind für ihn das Größte.»

Er hilft mir gewissenhaft beim Einsammeln und sieht mich an mit durchleuchtendem Blick, als wüsste er ein Geheimnis über mich. Ich erkenne seinen Vater in ihm, sehe, wie sein Wesen sich in dem Kind fortsetzt, und will weg, schnell zum Zug, schnell in die große anonyme Stadt mit den vielen Millionen Menschen.

In Magdas Küche steht eine dampfende Kanne auf dem Tisch, es riecht nach Kaffee und geröstetem Brot. Magda sitzt müde auf dem Sofa. Ihr Blick ist nach innen gerichtet. Der Wackelpudding klettert ihr auf den Rücken. Magda reagiert nicht.

«Alles klar, Magda?», fragt Nele vorgebeugt. Sie versucht, ihr in die Augen zu sehen, legt eine Hand auf ihre Schulter. Magda schüttelt das Kind ab.

«Jaja.» Erst jetzt scheint sie die Anwesenheit ihrer Kinder zu registrieren, gibt ihnen zu trinken, streichelt die Köpfe.

«Wir müssen los.» Ich verabschiede mich von ihr mit einer flüchtigen Umarmung. Dann fahren wir durch einen wasserblauen Frühlingstag über leere Dorfstraßen, an Gehöften vorbei, von denen jedes seine Geschichte hat. «Wir werden hier nie richtig dazugehören», sagt Nele. «Die Leute wissen alle mehr, als sie sagen. Aber egal. Ist mir sogar lieber, dass sie's nicht sagen.»

Im Zug laufe ich dem Kind hinterher, das sich an allen Kanten den Kopf stößt. Ich zeige auf hellgrüne Felder, glitzernde Seen, auf Kühe, Pferde, Kirchtürme, und bin froh, das Haus, den Stall, die Zigeuner, das Dorf hinter mir zu lassen. Und ihn.

Nur von Jessi nehme ich etwas Angenehmes mit in meinem verwirrten Kopf. Der Mann mit den vielen Frauen kommt mir jetzt vor wie ein wildes Tier, das sich zum Schutz vor sich selbst zurückgezogen hat, aus der Stadt, aus dem Leben unter Fremden, in ein Leben unter Eigenen. Die Dorfbewohner werden ihre Biere weiter an den eigenen Küchentischen, vor den eigenen Fernsehern und auf den eigenen Sofas trinken, während er wie ein Magnet zu kämpfen hat mit einem Pluspol, der lieben muss, und einem Minuspol, der abstoßen will. Alles um ihn herum wird verwirbelt, muss sich seine Bahn suchen, kann immer nur die Hälfte bekommen von ihm.

Ich sehne mich nach Peter wie noch nie. Dann sehe ich ihn auf dem Bahnhof stehen. Wir halten das Kind links, rechts. Es hält uns zusammen. Dass Ostern ohne uns hart für ihn war, weiß ich. Dass er Angst hatte, ich würde nicht zurückkommen, wusste ich nicht. Ich sehe es jetzt in seinen Augen.

Nachts kann ich nicht schlafen. Ich lege mich verkehrt herum neben Peter und suche nach einem Buch. Seine großen, schlafenden Füße neben mir wirken im bläulichen Mondlicht wie aus Stein. Wie die Füße einer Statue auf einem Sockel. Ich drehe mich um, sehe sein Kinn,

seine Nase von unten und überlege, was ich für ihn emp-
finde. Die Vorstellung, dass es viele Männer gibt, die ich
lieben könnte wie ihn, macht mich einsam, und plötzlich
bekomme ich Angst. Ich stürze mich auf ihn, presse meinen Brustkorb an seinen und schlinge meine Arme um
seinen Hals.

«Was ist denn los?», brummt er.

«Ich dachte, du wärst aus Stein.»

Er legt seine schweren Arme um meinen Rücken.

«Nein, ich bin nicht aus Stein.»

Ich träume vom Colasee. Ich habe nichts an bis auf
ein kurzes Jäckchen. Auf dem Grund wachsen phallusar-
tige weiße Pilze. Ich versuche, trotzdem darin zu schwimmen. Die Pilze streifen meinen Bauch und biegen sich
wie Gummi. Ich traue mich nicht, mit den Füßen nach
dem Grund zu suchen, und hangle mich an einer Leiter aus dem Wasser. Sie führt in ein Bootshaus. Der Bildhauer sitzt in einer dunklen Ecke und erklärt mir, er sei
jetzt Pilzzüchter. Er gibt mir einen kleinen Schwimmrei-
fen und sagt, dass ich damit über den See käme.

Ich lege den Reifen aufs Wasser, setze mich hinein und
paddle zur anderen Seite. Einen der Pilze trage ich in der
Hand, ohne mich zu erinnern, ihn gepflückt zu haben.
Ich verstecke ihn in meinem Ärmel, betrete ein beleuch-
tetes Haus. Darin steht Nele, die mir eine Suppe gekocht
hat aus gebratener Petersilie und geschmolzenem Käse.
Ich will nicht, dass Nele den Pilz sieht. Ich will ihn unbedingt für mich behalten. Peter ist plötzlich auch da. Ich
will mit ihm alleine sein und mit dem Pilz, aber Nele wird
einfach nicht fertig, geht einfach nicht los.

Im Aufwachen halte ich meinen Traum für absurd. Aber je wacher ich werde, umso einleuchtender wird alles. Im Traum brauche ich den Bildhauer nicht. Mir reicht der Pilz als Reliquie. Und solange Peter da ist, scheint alles in Ordnung zu sein.

Nach den Filmen, die ich auf dem Mühlenhof verknipst habe, suche ich am Morgen vergeblich. Sie bleiben verschwunden. An einen Zufall kann ich jetzt nicht mehr glauben.

DAZUGEHÖREN

Im Monbijoubad liege ich auf dem stählernen Becken-
boden im Chlorwasser der Berliner Bäderbetriebe und
gucke in den Himmel. Das Wasser ist knöcheltief, mein
Kind spielt mit der Pfütze in meinem Bauchnabel. Im
Dom läuten die Glocken, im Park marschiert eine Schal-
meienkapelle, hin und her, zum zehnten Mal. Rechts trö-
ten die Spreedampfer, über mir sausen S-Bahnen und
ICEs von Paris nach Moskau – und wir sind mittendrin
im kleinsten Freibad Berlins. Eine Krähe zerrt einem
Kleinkind die Stullentüte aus der Hand, ein anderes blökt:
«Mama, ick muss kacken.» Mehr Berlin geht eigentlich
nicht, denke ich.

Ich beschließe, die fremde Frau anzurufen. Ich will sie
kennenlernen, will sie für einen guten Menschen halten.
Für einen Menschen, der nicht vorhat, mir meinen Mann
wegzunehmen.

Ihre Stimme am Telefon klingt zart. Sie will kühl wirken und wirkt ungeübt, zerbrechlich. Wir treffen uns im
Café. Sie hat ihre beiden Kinder in Schule und Kindergarten verteilt und kommt in kurzem Rock, langen Stiefeln,
einem weiten Ausschnitt und leicht verzotteltem Haar.

Ich finde sie hübsch. Sie ist aufgeregter als ich. Wir reden umeinander herum. Ein Gespräch aus Andeutungen und vagen Aussagen, das wahrscheinlich kein Außenstehender verstehen würde.

Ob sie jemanden hintergehen kann, ist mir egal. Was ich zu sagen versuche, ist, dass ich nicht ausgeschlossen werden, dass ich die Rolle der Betrogenen nicht haben will und auch nicht die Macht, Bedingungen zu stellen. Ich will dazugehören, und wenn sie zu Peter gehört, dann gehöre ich auch dazu. Keine Ahnung, ob ich das aushalten könnte, und keine Ahnung, was sie damit aushalten müsste.

Nach einer Woche bekomme ich einen Brief. Sie habe beschlossen, mit ihrem Exmann aufs Land zu ziehen. *Du willst mir deinen Mann geben und dich noch dazu? Tut mir leid, aber das ist mir zu wenig. Ich werd ihn mir aus dem Herzen reißen müssen.*

Ich zeige Peter den Brief, und er findet unsere Verhandlungen befremdlich: «Du hättest auch einfach sagen können, dass ich sie nicht mehr treffen soll. Das wär vielleicht einfacher gewesen.»

Es ist ein Spätsommersonntag, und ich liege wieder auf einer Wiese, diesmal im Garten meiner Mutter. Sie läuft dem Kind hinterher, aus Angst, es könnte ein Blatt knicken. Dass ich mir von ihr nicht jede Pflanze erklären lasse und ihre Gartenphilosophie dazu, damit hat sie sich abgefunden. Eine Nachbarin hört sich den Blumenvortrag an. Die Frauen wandeln an den Beeten entlang, mein Sohn hockt unbemerkt hinter ihnen und frisst die süßen Kapuzinerblüten wie ein Kalb.

«Deine Blumen sind wirklich am schönsten, wo sie so langsam abblühen», sagt die Nachbarin, und ich weiß schon, was jetzt kommt. Seit meine Mutter sich lieber mit Blumen als mit den Menschen beschäftigt, hat sie die Angewohnheit, alle Menschen mit Blumen zu vergleichen.

«Wir werden ja auch beim Welken interessant. Dit verstehn nur leider die meisten Männer nich», sagt sie verächtlich. «Diese jugendlich strotzende Schönheit is doch todlangweilig.»

Die Nachbarin ist begeistert von dem Gedanken. «Ja!», jauchzt sie. «Frauen blättern erst ab vierzig so richtig auf. Erst dann kann man sehen, ob jemand auch von innen schön ist», sagt sie in meine Richtung.

«Und Rosen sind sogar noch schön, wenn sie tot sind. Das ist doch 'ne prima Aussicht aufs Altwerden.»

Die Frauen lachen und sehen dann wehmütig in den Garten.

«Irgendwann pustet uns der Wind einfach die Haare vom Kopf.»

«Aber wir könn' uns nich beschweren. Manche Frauen sind doch schon viel eher im Eimer. Die wachsen zu schnell, und dann fallen sie in sich zusammen. Werden braun und zerknittert», sagt meine Mutter. «Zack: Kompost. Mohnblüten, Krokus, Ringelblumen, Astern, Malven, Margeriten. Da fallen mir sofort Frauen ein.»

Fast will ich mich einmischen in das Gespräch, aber ich kann meine desinteressierte Haltung ihren Blumen gegenüber nicht mehr aufgeben. Wenn ich an Jessi denke, fällt mir die gelbe Kapuzinerblüte ein. Nele ist eindeutig

202

eine Tulpe und Elena eine Kornblume. Magda müsste
eine Mischung sein aus Lilie und Distel.

Ein paar Tage später steht Nele im roten Kleid vor meiner Tür. Wir essen Kuchen in der Küche. Ich frage nach
der Kneipe und ob er wieder aufgetaucht ist seit der Eröff-
nungsnacht.

«Der ist mit Elena in irgendeinem Haus an der Ostsee.
Als du weg warst, hat er angerufen und gefragt, ob er die
Kinder für 'ne Weile holen kann. Ich hab erst mal nein
gesagt. Ich war so sauer. Eine Woche später ist er dann
mit seinem Galeristen aufgetaucht, im LKW. Die haben
fast alle Plastiken geholt für 'ne Ausstellung da oben. Ich
hab ihm die Kinder dann doch mitgegeben. Dachte mir,
das kann seine Elena ruhig merken, was an dem Typen
noch so alles dranhängt. Seitdem sind die da.» Nele zögert.
«Aber wenn ich sage, komm wieder, dann kommt der
wieder. Der kann nicht lange ohne seine Kinder und ohne
uns auch nicht.»

Ihre Stimme verrät Zweifel.

«Magda hat angefangen, die Alten über die Zigeuner-
geschichte auszufragen. Aber jeder erzählt was anderes,
keiner will was Konkretes gewusst haben. Sie war sogar
bei der Polizei. Die weigern sich, die Knochen auszugra-
ben. Aber wir sollen es natürlich auch nicht machen.» Sie
lacht bitter. «Die haben Magda empfohlen, zum Fernsehen zu gehen mit der Sache. Ist das absurd?»

Als ich nach Randolf frage, verdreht sie die Augen.

«Jessi hat ihm sein Zeug vor die Tür gestellt und ihn
verjagt. Den Stall machen wir tagsüber an den Wochen-

enden auf, Jessi und ich. Da kommen Fahrradtouristen und Leute aus der Gegend. Kaffee, Kuchen, Suppe und so.»

Was Nele nicht ist, das fällt mir jetzt ein. Neles gegenteiligste Charakterbeschreibung ist: *kleinlich*.

Als sie gegangen ist, sagt Peter: «Kam mir ganz schön labil vor.»

WAS BRENNEN MUSS

Der Galerist hat es eilig. «Hast du schon gehört? Das Mühlhaus ist abgebrannt.»

«Was?»

«War keiner drin, keine Sorge. Sieht aber bestimmt irre aus jetzt. Mach doch mal wieder ein paar Fotos», sagt er spöttisch. «Oder 'ne Serie über die drei Weiber.» Er projiziert eine fette Schlagzeile in die Luft: «*Verlassene Künstlerfrauen in der Uckermark!* Da kriegst du bestimmt Projektförderung. Würd ich glatt ausstellen», ruft er im Gehen und lacht.

Ich stelle mir vor, wie das verfluchte Haus in einer klaren Nacht orangerot in den Herbsthimmel lodert, dass alle es sehen können. Die Dorfbewohner werden hinter den Gardinen wissend genickt und die Kinder am nächsten Morgen staunend vor der rauchende Ruine gestanden haben. «Was brennen muss, wird brennen», hatte Botho gesagt.

Auf dem Heimweg bleibe ich auf einer Brücke stehen und sehe zu, wie ein Abrissbagger in einen Häuserblock beißt. Dinosaurierhaft dreht er den eisernen Kopf und stupst mit der Nase vorsichtig ein Loch in die Wand.

Als wäre das Haus aus ungenießbarem Gebäck, frisst er die Wände, zermalmt sie und lässt die Krümel achtlos fallen, als würde er nach etwas Besserem suchen. Ein großer Brocken bricht herunter, er fängt ihn ein, balanciert ihn auf der Nase, legt ihn im Hausflur ab, zerbeißt ihn mit schiefem Kopf und schiebt die Trümmer krachend in den Hof.

Der dritte Brand hat es also geschafft. Ich wähle Neles Nummer. Jessi geht ran. «Hab von dem Brand gehört», sage ich.

«Das stinkt hier, das glaubst du nicht! Nächste Woche kommt der Bagger.» Sie klingt überraschend sachlich.

«War denn noch was zu retten?»

«Ein paar Möbel. Schade um die vielen Bücher. Das Scheißmesser hab ich als Erstes gefunden.»

«Wann ist denn Nele wieder da – hat sie Vorstellung?»

«Ach, das weißt du nicht? Nele ist in Berlin, im St. Joseph, Akutstation, seit zwei Wochen. Die weiß noch gar nicht, was hier passiert ist.»

Ich warte einen Moment, ob Jessi noch etwas sagt, aber da kommt nichts. Was St. Joseph bedeutet, weiß ich, und da Jessi nur «Akutstation» sagt und nicht «geschlossene Psychiatrie», nehme ich an, dass die Kinder in der Nähe sind.

«Ich fahr morgen mal hin», sage ich.

«Das ist gut. Aber erzähl nichts von dem Brand, ja?», sagt Jessi leise.

Das Krankenhaus ist mit dem Rad nur zehn Minuten entfernt. Die Gebäude liegen freundlich flach zwischen Wie-

sen und rotgelben Bäumen. Ein Pfleger begleitet mich
in den Innenhof. Nele ist dünn geworden, und ihr Blick
lässt mich an die Begegnung auf dem Balkon ihrer Mutter
denken, damals, als sie vor dem prügelnden Franzosen
weggelaufen war. Sie scheint sich nicht zu wundern über
meinen Besuch. Es ist, als hätte sie mich erwartet und in
Gedanken schon die ganze Zeit mit mir geredet.

«Übermorgen komm ich raus, bin schon ganz weg von
den Tabletten. Das hätte ich alleine nie geschafft. Ich bin
so froh», sagt sie und lächelt traurig.

Ein Mann mit einem selbstbemalten Kittel, auf dem
in allen Sprachen *Ich liebe dich* steht, kommt auf uns zu.
Bevor er den Mund aufmachen kann, faucht Nele: «Geh
weg, das ist mein Besuch!» Dann springt sie auf, nimmt
mich an der Hand und zieht mich durch die wenigen
Räume. «Komm, ich zeig dir unsere kleine Station!»

Mein unbekanntes Gesicht wird gierig aufgesogen von
den Augen der freiwillig Eingesperrten. Das erinnert mich
an meinen Spaziergang durchs Dorf, als ich zum ersten
Mal zu Besuch war im Mühlhaus. Ich zeige mich, erlaube
den Leuten, über mich zu reden, damit sie mir erlauben,
hier zu sein. Es erschreckt mich, dass die Patienten ganz
gesund aussehen.

Nele führt mich zu einem kleinen Brunnen, den einer
von ihnen gebaut hat. Wir setzen uns daneben. Ein Mädchen mit zerschnittenen Unterarmen fragt alle zwei Minuten nach Feuer. Andere Patienten, die Zigaretten bringen
oder welche borgen wollen, wimmelt Nele ab. Nur ein
junger kräftiger Mann mit Glatze darf bei uns sitzen. Er
zeigt uns, wie man den Fingernagel in die Selbstgedrehte

piken muss, damit der Filter nicht rausfällt, erzählt dann, dass in seinem Zimmer schon Teebeutel geraucht wurden. Rauchen scheint hier das zentrale Thema zu sein.

Der Glatzkopf ist irgendwann aufgestanden und hat uns allein gelassen. Nele flüstert fast: «Ich hab immer gedacht, dass Jessi hierhergehört. Und jetzt …» Sie schüttelt den Kopf. «Weißt du, ich hab das nicht ausgehalten ohne ihn, ich konnt nicht mehr schlafen. Da hab ich angefangen, die Tabletten zu nehmen. Ich wusste, dass das irgendwann zu viele waren, die haben kaum noch gewirkt, und ich hab mich so geschämt. Das war das Schlimmste.» Nele sieht sich um wie ein gehetztes Tier, flüstert mehr in ihre Hand als in meine Richtung: «Er ist der Einzige, der mich nie geschlagen hat. Ich hab gedacht, ich brauch keinen Mann mehr, ich hab ja Jessi und die Kinder. Aber eigentlich bin ich von ihm abhängig, nicht von den Tabletten.» Sie sieht mich verzweifelt an, und ich weiß nicht, was ich sagen soll. Auf einmal lacht sie.

«Vorgestern war er hier, und weißt du, was er gesagt hat? Er hat gesagt: Komm, Nele. Wir haben das Leben noch nie ernst genommen, damit wirst du doch jetzt nicht anfangen, oder.»

Plötzlich wird sie wieder traurig und flüstert: «Hast du schon mal an Selbstmord gedacht?»

Ich sage, dass mir das Leben manchmal ermüdend und sinnlos vorkommt, dass ich das Gefühl habe, ich wäre dankbar, wenn ich nicht mehr aufstehen müsste. Aber dann wird es wieder schön und wichtig.

«Manchmal will ich einfach raus aus meiner Rolle», sagte Nele nachdenklich. «Aber ich weiß nicht, wie. Es kommt mir vor, als müsste ich mich endlich mal verbeugen. Vorhang zu, Vorhang auf, neue Rolle. Dass das so scheißschwer ist im echten Scheißleben!» Eine Träne läuft über ihre Wange. «Manchmal hab ich Angst, dass die Kinder ihn hassen werden, wenn sie erwachsen sind. Die werden ihn dafür hassen, wie er mit ihren Müttern umgegangen ist.»

«Ich hab keine Ahnung, aus welchen Gründen Kinder ihre Väter hassen», sage ich.

«Ich hätte gerne einen Vater gehabt», sagt Nele.

Ich hätte auch gerne einen gehabt, denke ich zum ersten Mal.

«Was sind wir bloß für Vorbilder, wenn wir alle so an ihm kleben? Aber jetzt ist es zu spät.»

Nele guckt auf ihre Fingernägel, die neu lackiert werden müssten.

«Irgendwie war's von Anfang an zu spät.»

Sie zuckt mit den Schultern und schabt die Lackreste ab, wie um mich nicht anzusehen.

«Ich wollte immer 'ne große heile Familie haben, in der jeder Platz hat mit allen seinen Eigenheiten. Ich dachte, ich mach alles anders, ich krieg das schon hin, für ihn krieg ich das hin … Vor zwei Wochen war 'ne große Party bei dem Maler. So wie bei uns damals. Aber bei denen hat mich das plötzlich so angewidert. Die rücksichtslose gute Laune, die ganze lebenslustige Gesellschaft, die Zufriedenheit. Das fand ich alles so ekelhaft! Ich saß da an der Tafel zwischen all den Torten, dem ganzen bunten Scheiß und den plappernden Menschen und kam mir vor wie ein altes Stück Holz.» Endlich sieht sie mich an.

«Hau jetzt ab, bitte. Ich meld mich, wenn ich wieder draußen bin.»

Auf der Suche nach jemandem, der mir die Tür aufschließt, gerate ich an eine Ärztin. «Dass man so schnell abhängig wird von diesen Tabletten», sage ich.

Die Ärztin sieht mich fragend an.

«Was hat sie Ihnen denn erzählt, wie lange sie die genommen hat?»

«Na, ein halbes Jahr», sage ich.

Die Ärztin schüttelt den Kopf.

«Von diesen Tabletten wird man erst nach Jahren abhängig. Man darf sie aber auch nicht mit allen möglichen anderen Medikamenten mixen.»

Als sie die Tür hinter mir schließt, ist es, als hätte mir jeder etwas mitgegeben nach draußen, jeder etwas heimlich in meine Haare geflochten, einen Teil seiner Krankheit, Traurigkeit, Abhängigkeit, wie einen Talisman. Jetzt schleife ich das Zeug hinter mir her, durch die Straßen der Stadt, und alle paar Meter fällt etwas ab. Der Verkehr kommt mir vor wie ein tobendes Universum aus sich schnell und eng aneinander vorbeibewegenden Körpern. Mein Instinkt lässt mich nicht zusammenprallen mit ihnen, lässt mich der großen blauen Ikea-Tüte ausweichen, die der Wind vor mein Rad weht, reißt mich in den Autostrom, der in meine Richtung führt. Dann: quietschende Reifen, Hupen, ein dumpfer Aufprall, Stillstand. Ich steige ab, hebe mein Rad über den hohen Bordstein, fahre vor bis zur Kreuzung.

Auf der Straße liegt ein überfahrener Fuchs. Ein zweiter sitzt reglos daneben. Alles steht still, Autos, Bahnen,

Busse. Der Fuchs rührt sich nicht, wartet auf seinen toten Partner, wartet, dass er aufsteht, weiterrennt, quer über die Fahrbahn in den Park. Die Autos fangen an, die beiden vorsichtig zu umfahren. Aber ich stehe mit meinem Fahrrad an der Parkmauer und kann nicht weg von der Totenwache. Irgendwann steigt jemand aus einem Polizeiauto, hebt das tote Tier mit Handschuhen auf und trägt es in einer weißen Kiste davon. Der Fuchs trottet hinterher wie ein treuer kleiner Hund. Mein Herz tut weh ob der Klarheit dieser Szene.

WIEDERSEHEN

Damals war Nele aus Frankreich zurückgekommen, ohne vorher Bescheid zu sagen. Sie war einfach plötzlich wieder da. Ihre Mutter klang ratlos am Telefon. Ich erwartete den üblichen Redeschwall, aber sie sagte nur: «Ich glaub, Nele bräuchte jetzt 'ne Freundin. Sie will niemanden sehen, aber vielleicht kommst du trotzdem?»

Ich fuhr in unsere alte Gegend. Als ich das Haus betrat, kam mir der Ort unserer Kindheit trostlos vor. Der Hausflur war saniert worden und roch fremd. Ich las die Namen an den Türen. Wenige kannte ich noch. Der Tierkopf am Ende des Treppengeländers war abgesägt.

Nele saß im Korbstuhl auf dem Balkon zwischen vertrockneten Blumentöpfen und staubigen Grünpflanzen. Sie hatte die Beine auf die Brüstung gelegt und rauchte. Als sie mich sah, versuchte sie zu lächeln, aber gleich waren Tränen auf ihren Wangen, als weinte sie darüber, dass sie es nicht konnte.

Neles Mutter brachte uns Tee und redete auf sie ein, sie dürfe jetzt keine Angst vor den Männern bekommen, sie müsse sich so schnell wie möglich wieder mit Menschen umgeben, sonst würde die Angst sich festsetzen.

Nele wandte sich ab. «Hat dich schon mal jemand geschlagen?», fragte sie mich mit fast sachlichem Interesse. Und ich erzählte, dass mir in Kreuzberg mal jemand auf der Straße eine Ohrfeige gegeben hatte, einfach so, im Vorbeigehen. Ich war so schockiert gewesen, dass ich überhaupt nichts tat.

«Ich hab das Gefühl, es war alles meine Schuld, und ich hätte es eher merken und eher beenden müssen oder mich anders verhalten, damit es nicht so weit hätte kommen können.» Obwohl Neles Gesicht fast ausdruckslos war, liefen unaufhörlich Tränen über ihre Wangen.

Ich saß wie gelähmt neben ihr. Es war, als wäre da ein tiefes Loch zwischen uns. Den Satz, der zu sagen war – *Es ist nicht deine Schuld gewesen* –, übernahm ihre Mutter. Ich überlegte, ob jemals jemand zu ihr diesen Satz gesagt hatte. Mit dem toten Mann hätte sie ihn vielleicht nötiger gehabt.

«Verdrängen ist auch 'ne Möglichkeit», sagte ich am Ende und umarmte Nele. Sie sagte: «Gib mir zwei Wochen. Ich melde mich.»

Jetzt steht sie vor meiner Tür, aufgedreht, euphorisch, übertrieben fröhlich und übertrieben schön. Plötzlich ist sie wieder die Nele, nach der man sich umdreht auf der Straße.

«Er holt mich hier ab. Ist doch okay, oder?», sagt sie.

Peter macht uns Tee. Wir sitzen in der Küche, und Nele steckt meinem Sohn Mandarinen in den Mund. Von nahem sieht sie älter aus und schmaler, aber stolz und aufgeblüht.

«Wusstest du, dass das Mühlhaus abgebrannt ist? Lag

wohl an irgendeinem Elektrokabel. Die Rauchmelder hat er falsch angebaut, der Idiot. Und das Löschwasser hat auch nicht gereicht, weil der Teich im Herbst fast leer ist.» Nele klingt sonderbar heiter. «Ich würde Jessi zutrauen, dass sie's angezündet hat. Die kann so was», sagt sie. «Ich bin nur froh, dass es weg ist.»

Ihr Mund ist zahmer geworden, und ihre Augenwinkel haben angefangen, zarte Falten zu schlagen.

«Vielleicht unterschreib ich einen festen Vertrag am Theater. Dann steh ich zwar Tag und Nacht auf der Bühne, aber vielleicht ist das gut, wenn ich mehr rauskomme», sagt Nele mit sich selbst aufmunternder Bestimmtheit.

«Abgründe sind dazu da, um sich herauszukämpfen», hat ihre Mutter immer gesagt. Oder: «Kein Glück ohne Unglück.» Nele hat sich mal wieder alles so hingedreht, dass es gut ist.

«Außerdem hab ich ja jetzt 'ne Affäre in Berlin», lacht sie in gespielter Verlegenheit, die mir sagt, dass das noch nicht die ganze Information ist. «Den hab ich über 'ne Annonce gefunden.»

«Was denn für 'ne Annonce?»

«Na ja …» Jetzt wirkt sie doch verlegen, aber in ihrem Lächeln liegt auch der Stolz, etwas Verbotenes getan zu haben. Sie vergewissert sich, dass Peter uns nicht hören kann, und sagt leise: «Ich hab geschrieben, dass ich gerne gefesselt werde.»

«Bist du verrückt?»

«Ich bin so froh, dass ich den gefunden hab! Der ist echt lieb und so. Aber wenn ich mit dem im Bett bin, weiß der genau, was er will. Ich muss nichts machen, muss nichts

214

entscheiden, nichts bestimmen und bin total entspannt. Zu Hause bin immer ich diejenige, die alles im Griff hat, die sagt, wo's langgeht. Ich brauch's einfach mal andersrum.»

Ich muss an Neles Begrüßungssatz denken, als sie zehn war: *Hallo, ich bin Bettnässerin.* Sie trägt ihre Wunden immer noch wie einen Schutzschild vor sich her, aber ich bin mir nicht sicher, ob diese Offenheit Stärke ist. Vielleicht ist sie auch nur die Reaktion auf eine Notlage. Wie bei einem Vogel, der sich tot stellt, um den Feind abzulenken. Doch dann fällt mir Hansi ein, der Gärtner von Magdas Großmutter, der immer gesagt hat: «Is doch scheißejal, wie dit aussieht, Hauptsache funktioniert!»

Der Bildhauer klingelt, sagt, er finde keinen Parkplatz. Nele wirft mir einen Kuss zu und rennt runter zu ihm. Ich stehe am Fenster, als sie ins Auto steigt. Seit ich sie kenne, ist sie mir in allem ein paar Schritte voraus gewesen. Der Abstand hat sich nicht verringert. Ich sehe dem Auto hinterher, die Prenzlauer Allee hinunter, schnurgerade Richtung Norden, raus aus der Stadt, aus der Anstalt, um es weiter zu versuchen, das beinahe Unmögliche: zu leben mit ihm.

Nele hat sich selbst aus dem Abgrund gezogen. Sie wird die Hauptfrau bleiben, wird weiter die größte Last tragen, ihn in der Umlaufbahn halten, ihn zurückholen. Jessi muss da bleiben, wo sie das Kind verloren hat, um sich selbst nicht auch noch zu verlieren. Magda hat offenbar einen Vaterersatz gefunden. Sie scheint den Widerstand zu brauchen, um ihren Weg zu kennen.

Und Elena? Er braucht von ihr die Musik, hält sie an der

Schnur wie einen Heliumballon, bindet sie an sich, weil sie hat, was ihm fehlt. «Musik ist keine drin in mir. Nur Bilder und Formen», hat er mal gesagt über sein Scheitern als Gitarrist.

Bin ich die, die knapp entkommen ist?

Ich setze mich zu Peter. «Jetzt war sie total überdreht», sagt er hinter seinem Buch. Ich erzähle von Neles Bekanntschaft, und er meint abwesend: «Hört sich irgendwie an, als ob du auch gerne mal gefesselt werden willst.»

Ich antworte nicht, sondern sehe aus dem Fenster. Es regnet. Peter sieht mich über seinen Buchrand an: «Mhm?»

«Ich nehm keinen Schlüssel mit», sage ich und gehe barfuß, ohne Geld, Telefon, Handtasche auf die Straße. Das Wasser in den Pfützen ist eiskalt. Die Leute vor dem Imbiss sehen mir hinterher. Durch Touristenschwärme schlängle ich mich, fühle mich unsichtbar, bis es dunkel wird und leer. Ich gehe auf der Mitte der Fahrbahn, über glänzendes Kopfsteinpflaster. Oranges Laternenlicht spiegelt sich in den glatten Steinen unter meinen nackten Sohlen. Irgendwo jault eine Werbeleinwand, Fahrräder fahren nacheinander über dieselbe klappernde Steinplatte, jemand macht Musik unter einer Brücke und holt außerirdische Geräusche aus einem unbekannten Instrument. Daneben dreht ein Kind sich im Laternenlicht. Das bin ich.

DIE ROTE BRÜCKE

Einmal im Jahr sollte man an einen Ort, an dem man noch nicht war. Ich war noch nie in diesem Tal, an diesem Bach. Ich setze mich in die grauen Wintergräser und grabe meine Nase in das nasse Gestrüpp am Fuß des Kiefernstamms, atme die noch kalte Erde, den Geruch von verfallenem Holz, modrigen Kiefernnadeln, toten Käfern. An der Sumpfwiese trifft mich schwerer grüner Waldmeistergeruch, und ich muss heulen. Waldmeister gibt es noch lange nicht, aber der Geruch ist hier. Woher bloß?

Die rostige Eisenbrücke ist gesperrt. Ihr fehlen nur ein paar Bretter. Auf den Eistellern, die ein Stück über der Wasseroberfläche an den Bäumen gewachsen sind, sitzen Enten und sehen in das rieselnde Wasser unter ihren platten Füßen. Der Regen ist weitergezogen, auf der anderen Seite des Bachs scheint die Sonne. Die gesperrte Brücke beschwert sich nicht, als ich sie überquere.

Ich lege mich auf die Wiese am Rand des Douglasienwaldes und merke, wie mich die Müdigkeit in eine verschwommene Unwirklichkeit zieht. Da ist das Mühlhaus, von einem Sumpf umgeben. Es brennt. Der Bildhauer, die Frauen und Kinder kämpfen sich durch die Flammen hinaus ins Moor. Schlammbeschmiert strecken die Frauen ihre Arme nach ihm aus, und er greift nicht nach ihren Händen. Die Kinder aber springen leicht von einem Grasbüschel zum nächsten, laufen auf dünnen Brettern über den Sumpf. Er sammelt sie ein, trägt sie auf den Schultern davon, und der braune Schlamm wird hinter ihm zu klarem Wasser.

Die Frauen, wieder sauber, stehen am Ufer. Die Kinder sitzen auf den Bäumen, zeigen in den See, rufen: «Da ist er, da!» Die Frauen zucken mit den Schultern, sehen zu den Kindern: «Wo denn?»

Meine Wiese ist wie ein alter trockener Heuboden. Warm und weich. Ich sehe zu ihm rüber, wie er da steht, die Hände in den Taschen, bärtig, mit graublaubraunen Kieselaugen, und ich bin ein Teil von ihm und er von mir.

«Meinst du, die Brücke hält mich auch?», fragt er, balanciert schon über die losen Bretter. Er trägt mein Kind.

Oder ist es Peter?

Er ist zusammengewachsen aus zwei Männern und aus fünf Frauen ich, geschmolzen in der Sonne, auf der Wiese am Waldrand. Zu einem Körper. Aus allen seinen Frauen.

Ich reibe mir die Augen, stütze mich auf die Ellenbogen. Beim Aufwachen aus einem Albtraum, nachdem man gemerkt hat, es war nur ein Traum, aber bevor einem einfällt, dass die Wirklichkeit nicht viel besser aussieht: Das ist eigentlich der schönste Moment, hat Peter einmal gesagt.

Er hält dem Kind die Händchen ins kalte Wasser. Ich kann die Luft sehen, winzige durcheinanderwirbelnde Teilchen, dichter als Staubkörnchen, durchsichtig. Sie strömt von mir weg, zieht nach oben links, und von rechts fließt ein kalter Luftstrom über meine Füße. In meinem Bauch eine Bewegung wie von einem kleinen, starken Goldfisch. Wenn er rauswill, im Herbst, wird es vermutlich ein Mensch sein.

Peter findet, ich sei zu verschwenderisch mit meiner Liebe. Ich wäre sofort mit ihm ins Bett, als wir uns kennenlernten. Vielleicht ist das meine gegenteiligste Eigenschaft: *unnahbar*. Für Peter bin ich es nicht gewesen, für den Bildhauer aber doch. Unnahbar dort, wo für mich kein Platz gewesen ist.

INHALT

Im Mühlhaus	7
Seitenflügel links, drei Treppen	49
Unsichtbar	56
Theater	61
Ausgezogen	67
Der zweite Auftrag	72
Wespensommer	80
Alleine bleiben	108
Zweimannsee	116
Ente mit Klößen	126
Elena	131
Hasenzähne	139
Ans Theater	145
Zuhause	151
Luxus	156
Abschied	192
Dazugehören	200
Was brennen muss	205
Wiedersehen	212
Die rote Brücke	217

André Kubiczek
Das fabelhafte Jahr der Anarchie

April 1990, die DDR löst sich auf. Die Älteren sind voll
Sorge, die Jungen aber leben die Liebe und die Freiheit,
genießen den freundlichen Ausnahmezustand. Im März
fiel die Entscheidung für die Wiedervereinigung, im Juli
wird die Währungsreform kommen. Die Zukunft mit ihren
bürgerlichen Kategorien ist in diesen Tagen weiter entfernt
als das Pleistozän. Ulrike und Andreas, ein junges Paar aus
Potsdam, kehren der Stadt – enttäuscht vom Ausgang der
ersten freien Wahlen – den Rücken und bauen in einem
kleinen Dorf in der Niederlausitz an ihrem privaten Idyll:
Sie renovieren, legen einen Garten an, schließen Freund-
schaft mit dem Schäfer und einem fahnenflüchtigen sowje-
tischen Soldaten. Sie sind frei für den Moment. Nur Ulrikes
Bruder Arnd bringt hin und wieder Nachrichten aus der
Realität mit – und vor allem Unruhe in den Ort. Als die
nahe Kreisstadt sich für den Geldumtausch rüstet, geht einer der Bankcontainer in Flammen auf – und das fabelhaf-
te, kurze Jahr der Freiheit für die Freunde zu Ende.

272 Seiten

«André Kubiczek weiß wie wenige Schriftsteller seiner Ge-
neration, wie man einer Geschichte Spannung verleiht.»

FAZ

Weitere Informationen finden Sie unter www.rowohlt.de

Das für dieses Buch verwendete Papier ist FSC®-zertifiziert.